夢見の公
婚約破
ご所
美原風香
Nemusuke
眠介

エドガー・フォン・
アフォード
19歳　176cm
アフォード王国王太子。
フィーメルの婚約者。

ベスティア・リル・
フェーヴァー
17歳　156cm
フィーメルの親友。
侯爵令嬢。
フィーメル・ド・
エレクシス
17歳　154cm
公爵令嬢。
夢見の能力を持っていて
聖女と呼ばれている。

CONTENTS

yumemi no koshaku reijo wa
konyaku haki wo goshomou desu.

夢見の公爵令嬢は
婚約破棄をご所望です

美原風香

Jノベルライト文庫

〔イラスト〕眠介

プロローグ

『今日をもってフィーメル・ド・エレクシス公爵令嬢との婚約を破棄する！』

目の前で、輝く金髪を持った少年が赤い瞳に憎悪をにじませて私に向かって宣言する。

待って！　私は、私はあなたのことが——！

『私は真実の愛を見つけたんだ。これから私の婚約者は——』

隣に立つ赤毛の少女が私に向かって不敵な笑みを浮かべる。誰、あなた⁉

『私は彼女と生きていくんだ』

少年と少女は熱を孕《はら》んだ目で見つめ合うと、人目もはばからず抱き合って……

「エド様⁉」

自分の叫び声で飛び起きる。混乱した頭で辺りを見回した。背中をじっとりと汗が伝《つた》う。

「ここは……」

周りを見ると公爵邸にある自室のベッドの上のようだった。今の今まで寝ていたようで、身につけていたネクリジェは汗を吸って冷たくなっている。

寒気を感じて思わず体を抱きしめた。

「今見たのは……まさか……」

最悪の夢。最愛の人——エドガー・フォン・アフォード王太子殿下が憎悪の表情で私を見下ろし、私との婚約を破棄する夢。

エド様とはうまくいっている。私は彼のことを愛しているし、彼は真面目で誠実な方。婚約破棄なんてありえない。

だが……

「本当の、ことなのね……」

これが嘘でも冗談でもないことは私自身が一番よく知っている。私が夢で見たことは絶対に近い将来起こるのだ。

——だって、私は夢見の聖女だから。

＊＊＊

はるか昔、まだ、『魔法』というものが存在した時代。このアフォード王国に災厄が降り注いだらしい。

どんなものかはわからない。

だが、多くの人が死に、生き残っていた人々も生きる希望を失って不安定な世界を彷徨《さまよ》ったという。

だが、この世界を創造《そうぞう》した女神アウラネは人間を見捨てなかった。

『私があなた方を導きましょう』

突如《とつじょ》現れた銀髪に青い瞳の女性。

その女性は魔法とはまた違う特別な力を用《もち》いて人々に希望を与え、国を復興《ふっこう》したという。彼女は聖女と呼ばれ、この国にとって最も尊き人間となった。

こんなよくわからない眉唾物《まゆつばもの》の話、誰が信じるというのか。

現代において魔法を使える者はいないとされている。

強《し》いていえば魔女なら呪いと呼ばれる魔法を使うことができるらしいが、魔女なんて存在するかどうかもわからない。だからこそ余計に、この昔話は信憑性《しんぴょうせい》に欠けた。

だが実際、聖女の伝説はこの国の至る所で語られているし、この国が危機に陥《おちい》るたびに銀髪に青い瞳の女性が生まれ、特別な力を以ってしてこの国を救ったのだという。

そして、私は銀髪に青い瞳。

しかも、アフォード王国にこの容姿の少女が現れたのは数百年ぶり。

私が生まれた時、両親は私が誰かに利用されることを危惧《きぐ》したという。

聖女としての能力がわかるのは十歳。まだ能力がわかる前だったが、聖女はその特別な容姿と民《たみ》の信仰心だけでかなりの利用価値があったからだった。

そして、だからこそ、まだ赤ん坊だった私と二歳上のエド様との婚約が決まったのである。

「陛下は王太子殿下を溺愛なさっている。その殿下の婚約者にひどい扱いをすることはないだろう」

聖女である以上、その能力を生かすことを求められ注目される運命ならば、せめて私を守ってくれる、守る力のある者と結婚すべきだ。

そんなお父様の意図《いと》と、聖女を国に取り込みたい国王陛下の考えが合致《がっち》したために決められた婚約。

そこに私たち当事者の意思など一切《いっさい》なかったが、私を溺愛するお父様とエド様を溺愛する国王陛下が私たちがこの婚約に拒否感を持たないよう、私たちを幼い頃から一緒にいさせたため、私たちは上手《うま》くいっていた、はずだった。

「私にとってエド様は唯一無二《ゆいいつむに》のかけがえのない存在だったのに……あなたにとっては違ったのね」

暗い部屋にため息が響く。

でも、考えてみれば当たり前のことだったのかもしれない。

エド様はとても整った容姿をされている。輝く金髪にルビーのように赤い瞳、涼し気《げ》な目元、真っ白な肌。

どれ一つとってもまるで女神が創りたもうた奇跡のようだ。

「しかも、この国の次期国王。すでにいくつか政務を任されているとも聞いたわ。それに、噂では剣術の腕前も相当なものらしいし。危ないからと剣を振るう姿は見せてもらえたことないけれど」

こんなにも完璧な方の隣を他の女性が狙わないわけがない。そして、エド様が他の女性に心を奪われる可能性だって当たり前にあったのだ。私が政略結婚の相手である以上は、余計に。

今更気づいた事実に余計に気が滅入《めい》る。

「もしかしたら、あの赤髪の女性がいなくても、私と殿下は結ばれない運命だったのかもしれないわ」

私は聖女で、しかも公爵令嬢だったから他の方々より一足早く殿下にお会いして婚約者になれたが、もし違ったら？

私が公爵令嬢でもなく聖女でもなかったら？

「きっと、殿下は私を選ばない」

それは公《おおやけ》の場に出てすぐに赤髪の女性に心を奪われていることで確かだろう。

今、殿下の周りには同年代の女性が私しかいないから、殿下も私を見てくれているけれど、他の女性が現れれば私は所詮幼馴染《おさななじみ》に過ぎないのである。

「はぁ……」

ため息をつく。

「私の能力は夢見。近い将来に起こる事を夢に見る能力。見たい未来を見ることはできないけれど、この能力が見せた夢である以上、これは確実に起こる未来。だから……」

——私から婚約破棄するしかない。


未来に干渉できるのは未来を見た私だけ。今まで見た未来を他の人に説明しても、未来が変わったことはなかった。

だが、聖女の特権なのか、それとも別の何かが働いているのか、私だけは未来を変えることができた。

つまり、あの未来を、婚約破棄される未来を変えることができるのは私だけなのである。

愛する人から婚約破棄されるなんて耐えきれない。でも、愛する人を不幸にしたいとも思えない。

だから、私は自分から婚約破棄する。

それが、誇りと尊厳を失わず、そしてこれ以上傷つかない唯一の方法だから。

第一章　婚約破棄、させてください！

第一話　婚約破棄するためには

「お父様、私です。入ってもよろしいでしょうか？」

「ああ、フィーメルか。構わないよ」

夢を見た翌朝。私はお父様の執務室を訪れていた。

優しい声に促《うなが》されるように中に入ると、豪華な調度《ちょうど》が目に入る。お父様が趣味で集めている高価な骨董《こっとう》の数々だ。

「ちょっとそこのソファに座って待っててくれるかい？」

「はい」

執務机に向かって熱心に書類を見ている濃い金髪に青い瞳を持つ男性が私の父でありエレクシス公爵でもあるアレクセイ・ジェーム・エレクシスだ。十七の娘を持つ父親とは思えないほど若々しい見た目をしている。メイドが淹《い》れてくれた紅茶を飲みながらじっと見つめていると、お父様がふぅ、と持っていたペンを置く。

「お待たせ。こんな朝早くからどうしたんだい？」

「お父様にお願いがありまして」

「ん？」

すぐに切り出すと、お父様が紅茶を飲みながら首を傾《かし》げる。口ごもっても仕方がない。私は思い切って口を開くと一思いに告げた。

「エド様……王太子殿下との婚約を破棄させていただきたいのです」

「ぶはっ」

「お父様⁉」

紅茶を吹き出したお父様がカップをソーサーに戻して、ハンカチで口元を拭《ぬぐ》う。その手は震えていた。

「す、すまない。幻聴が聞こえたようでな……私の愛しいフィーが婚約破棄だなんて言うはず……」

「聞き間違いじゃありませんわ。殿下と婚約破棄させてほしいのです」

沈黙があたりを包む。

しばらく固まった後、お父様が「はぁぁぁぁ……」とため息を吐《つ》いた。

お父様がガシガシと頭を掻いた。

「本気か？」

「はい。私は本気です」

じっと見つめてくるお父様をまっすぐに見つめ返す。私の表情から本気が伝わったのだろう。お父様の表情が険しくなる。

「まさかお前が婚約破棄を言い出すとは……なんでそうなったんだ？　また夢か？」

私の能力を知っているお父様はすぐに私がこんなことを言い出した理由を悟《さと》ったようだった。

静かに頷く。

「はい。私は近い将来、婚約破棄されるらしいのです」

「はっ⁉　なんでそうなるんだ⁉　お前と殿下はうまくいっていただろう？」

驚愕《きょうがく》に目を見開くお父様に私は夢の内容を説明した。

パーティーの最中に唐突に婚約破棄を告げられたこと。理由が『真実の愛』であること。彼の隣には赤髪の女性がいたこと。

それらを説明し終わった時、お父様はうーんと唸った。

「まさかあの殿下が……信じられん」

「私もです。殿下ほど誠実な方はいらっしゃらないと思いましたのに」

手元の紅茶を見つめる。紅茶は澄んだ色をしていたが、私の気持ちはどんよりと曇っていた。

お父様がふぅ……とため息を吐いて、落ち着かせるように紅茶を口に含んだ。

「婚約破棄されるのはいつなんだ？」

「これは予想ですが、三か月後に控えている殿下の成人を祝うパーティーで告げられることになるかと」

昨日見た夢はどこかのパーティーで、私も殿下も、あの赤髪の女も、皆ドレスを着ていた。

夢が見せるのは近い未来。

そして、殿下が初めて公の場に出るのは三か月後に迫った二十歳の誕生日に開かれるであろう成人を祝うパーティー。

つまり、あの夢はそのパーティーでのことを示している可能性が高かった。

だが。

お父様が再び険しい表情になる。先ほどより眉間《みけん》のシワが深い。

「成人を祝うパーティーで、だと? じゃあ、殿下はその女とどこで出会ったんだ」

そう。

この国の王族は成人するまで公の場には姿を現さないのだ。

つまり、殿下は王族と婚約者である私の一族の者以外に知り合いはほとんどいない。いたとしても要職に就《つ》いている大臣くらいのものだろう。同年代の女性と知り合いであるはずがない。

それなのに、いつあの赤髪の女性と知り合ったのだろうか?

「わかりません。ただ、殿下の目が……すごくおかしかったことだけは確かです。『真実の愛』に溺れているのか、それとも他に何か理由があるのかはわかりませんが」

「そうか……なにか不穏だな……」

お父様がぽつりと呟く。

確かに、王太子ともあろうお方が正しい判断ができないのではこの国の将来が危ぶまれる。

だが、これ以上先の未来を見ることは叶わない。もっとこの力が強くなれば見たい未来を見れるようになるのかもしれないが、その方法もわからない。

私に今できるのは自分が、家族が、巻き込まれることのないよう殿下と距離を置くことだけだ。

私は居住《いず》まいを正す。

「それで婚約破棄したいのですが」

「うーむ、これは王命だからそう簡単には破棄できない。聖女が欲しい国王陛下が許してくれるわけもないしな」

「公爵であるお父様の口添えがあっても、ですか？」

「難しいだろうな。陛下にとっては公爵の機嫌より聖女を手に入れることの方が大事だろうから、たとえ私が反乱を仄《ほの》めかそうとも婚約破棄を許可することはないだろう」

「そんな……」

このまま夢の通りになるしかないのだろうか。

それだけは嫌だ。あんな目で殿下から見られたくなんてない。

俯《うつむ》いていると、そういえば、とお父様が首を傾げた。

「婚約破棄を前提に話しているがお前はそれでいいのか？　殿下が心変わりすることを防ぐ方がずっと良いと思うのだが」

確かに、今のままならその方がずっといいのだろう。でも、私にそれだけの勇気はない。

「……ずっとあの赤髪の女性が現れるかも、と思いながら過ごすことは私にはできないのです。『真実の愛』ということは、その方と結ばれることが殿下にとっての幸せ。慕《した》っている方の幸せを邪魔することなんて私にはできませんわ」

「そうか……」

お父様が唸《うな》る。

ごめんなさい。せっかく私のことを思って婚約させてくれたのに、こうやって台無しにしてしまって。

拳をぎゅっと握った時だった。

不意に視界が遮られて温かいものに包まれる。気が付けばお父様がすぐそばにいて、私を抱きしめていた。

「ほら、そんなに不安そうな顔をするな」

「お父様……」

優しい声に思わず声がかすれる。目の前がぼやけた。

「心配しなくていい。お前が望まないことはしなくていいし、望むことは全力で手助けしてやる。私たちはお前の幸せを一番に願ってるのだから」

「はい……ありがとう、ございます……」

「それに、もし夢の通りに王太子が他の女に溺れようとも、王太子の分まで私とメルティがお前のことを愛するから。心配するな」

メルティとは私のお母様でありエレクシス公爵夫人のことだ。

お父様の力強い言葉にハッと息を呑む。

夢を見てからずっと不安だった。

もしかしたら、私は愛されない人間なんじゃないか。幼馴染であり愛しくて大事な相手から裏切られてしまうのは、私が至らないせいなんじゃないかって。

でも、違った。こんな親不孝な私のことも、両親は愛してくれるそのことにお父様は気づかせてくれた。

心の中にあったしこりがすっと消えていくのを感じて、気分が軽くなる。

「お父様もお母様も私のこと大好きですもんね」

「当たり前だ」

「私もお父様とお母様のこと、大好きですわ。愛してます」

「ああ、知ってる」

自信ありげな言葉とは裏腹にその声音は優しくて、思わずふふっと笑みが零《こぼ》れた。

頑張らなきゃ。弱気になっていたらいけない。

心配してくれる家族のためにも、きっと、婚約破棄してみせる。

私は心の中で誓ったのだった。

「あっ」

「どうしました？」

不意に声を漏らしたお父様を不思議に思って問いかけると、肩を摑まれて覗き込まれる。

「フィー。良い方法を思いついた」

「良い方法、ですか？」

「ああ。この方法ならもしかしたら婚約破棄することができるかもしれない」

「本当ですか⁉」

　思わず叫ぶ。

　あれほど難しいと言っていたのに、可能性が見つかっただけでも興奮せざるを得ない。

　だが、お父様は頷きながらも複雑な表情を浮かべる。

「ああ。ただ、お前にとっては簡単なことではないだろう。それでもやるか？」

「はい。殿下と婚約破棄できるのであれば、なんでもしますわ」

　元から簡単なことだなんて思っていない。だからこそ、お父様が見つけてくれた可能性を逃《のが》すわけにはいかない。

　お父様の目をまっすぐ見返すと、お父様はやがて安心したように笑った。

「お前は強いな――」

　お父様の目は温かくて、私に誰かを重ねているようだった。

　疑問に思うがなんとなく触れるのははばかられて、私は話の続きを促した。

「それで、その方法というのは？」

「それはだな――」

私はまだ知らなかった。
この方法が、私の人生を大きく変えることを。

第二話　お茶会にて

「やぁ、久しぶりだね、フィー」

「エドガー殿下。今日はお誘いくださりありがとうございます」

大丈夫、普通に振舞《ふるま》えているわよね。

お父様と話した日から数日後。私は定例となっているエド様とのお茶会のために王宮を訪れていた。

王宮の庭は花が咲き誇り、美しい風景を作り出している。机の上には香り高い紅茶が置かれていて、その光景はのどかそのもの。

だが、そんなのどかな景色とは裏腹に私は決意に満ちていた。

頑張って嫌な令嬢を演じて殿下から嫌われるのよ！

それはお父様が思いついた婚約破棄する方法が原因だった。

＊＊＊

お父様に婚約破棄をしたいと話した、あの日。

『殿下に嫌われる、ですか？』

あり得ない単語が聞こえてきて、私は顔をしかめた。

殿下にあんな目で見られたくなくて婚約破棄しようとしているのに、殿下に嫌われるのでは本末転倒だ。

しかも、殿下に嫌われることが婚約破棄にどうつながるかが全然わからない。

だがそんな私とは裏腹に、お父様は真面目な表情で頷いた。

『ああ、そうだ。さっきも言った通り、今の状態ではお前から婚約破棄はできない。それに、『真実の愛』の相手が見つかった後ならいざ知らず、今の状態ではそもそも殿下が婚約破棄を受け入れてくれないだろう』

『そう、ですね。殿下と私はまだ仲が良いですから……』

『ああ。むしろあの殿下のことだ。お前を監禁しかねん』

『そんなことありませんよ⁉』

物騒《ぶっそう》なワードが聞こえてきて驚く。

なぜ、そうなるのか。殿下ほど穏やかで優しい人はいないというのに。

お父様がため息を吐く。

『お前は殿下の本性を知らないからそう言えるだけだ。あの方は……』

『あの方は？』

口ごもるお父様に首を傾げる。だが、お父様は首を振った。

『いや、お前は知らなくていい』

『え、それって、どういう……』

『それより、だ。もし殿下に嫌われて、その後に婚約破棄を提案したら受け入れてくれるとは思わないか？』

誤魔化《ごまか》すように強引に話を進められたが、ある事に気づき私はすぐにそちらに気を取られてしまった。

『嫌われればむしろ婚約破棄を歓迎してくださるかもしれない……？』

『そうだ。そして国王陛下も溺愛している王太子殿下からの頼みとあれば断れないだろう』

『確かに……！』

思わず大きく頷いてしまう。

国王陛下は早くに亡くした正妃の息子である殿下を溺愛していて、彼の願いであれば何でも聞くという。一度お会いしたことがあるが、国を統《す》べる君主らしく厳しい方でありながら、殿下を前にすると親バカを発揮して大臣たちに呆れられていたのを覚えている。

『だから、婚約破棄をしたいなら殿下に嫌われればいい。だが、お前に殿下から嫌われることなんてできるのか？』

お父様の言葉にうっと声を詰まらせる。

愛している人に、大切な人に、自ら嫌われにいく？

それは……

いや、違う、そうじゃない。

弱気になりそうな自分に気が付いて、私はさっと背筋を伸ばした。

さっき心に決めたばかりではないか。

何が何でも婚約破棄してみせると。

お父様の目を見返す。

『大丈夫です、できますわ。どうせ今のまま過ごしていても、いずれ私の存在は邪魔となり、殿下は私のことを嫌いになるでしょう。何もしなくても嫌われるのでしたら自分から嫌われにいった方がまだマシですわ』

『……そうか。それなら私はもう何も言うことはない。一つだけ』

お父様は真剣な表情から一転、柔らかな笑みを浮かべた。

——私はいつでもお前の味方だから、自分のことだけを考えて行動してきなさい。

綺麗な青い瞳が励ますように私を見ていた。思わずうるっとくる。

『はいっ……！　私、殿下と婚約破棄できるよう頑張りますわ』

『ああ、頑張っておいで』

お父様の娘として生まれてよかった。

お父様の優しい笑みを見ながら、私はそう思った。

＊＊＊

「フィー、どうしたんだ？」

考え事をしていたら、殿下が心配そうな表情で私を見ていた。

「あ、いえ、大丈夫ですわ」

扇子《せんす》で口元を隠して微笑《ほほえ》む。普段はあまり持たないが、今日は持っていた。

いや、これからはずっと持つことに決めていた。

なぜなら、私は高飛車《たかびしゃ》な、嫌な令嬢になると決めたから。

パーティーなんかで扇子を持ってばさっと広げる令嬢はなんとなく高飛車な印象を持つ。そしてやっぱり、あまりいい気分はしない。

きっと男性も同じように感じることだろう。

つまり、高飛車な令嬢を演じることで殿下に嫌われて晴れて婚約破棄する。

それが、私の作戦だ。

扇子の後ろでにんまりと微笑んでいると、私の変化に殿下が目ざとく気づく。

「フィー？　今日は扇子を持っているんだね。普段持っていないのに」

「おほほ、なんとなく扇子が欲しいと思ったので」

扇子を広げてわざとらしい笑い声をあげると、殿下が首を傾げた。

「今日のフィーはなんだか変だね」

「そうでしょうか？　殿下の勘違いでは？」

「じゃあなんでそんなに他人行儀な呼び方するんだい？」

来た。ビクッと体が跳《は》ねそうになるのを何とか意志の力で留める。

普段、私は殿下のことを『エド様』と呼んでいる。公の場でない限り、それは幼い頃から変わらない。それこそ、このような二人きりのお茶会で殿下と呼んだことなど一度もない。

だからエド様はきっとこのことに触れてくる、そう確信していた。

私は落ち着いて答える。

「殿下もそろそろ成人の身。気軽に愛称で呼んではいけないと思っただけですわ」

「君は私の婚約者なのだから気にすることはないだろう？」

「それでも！　でございます。誰がどこで聞いてるかわからない以上、愛称で呼ぶことなどできませんわ。殿下も私のことをフィーと呼ぶのはおやめください」

詭弁《きべん》なのはわかっている。今更過ぎることでもあるし。

でも、簡単には否定できないはずだ。いくら婚約者でも、私は公爵令嬢で殿下は王太子。身分の違いを軽視する発言を王太子ともあろう者がするわけにはいかないだろう。

まっすぐ殿下の目を見ると、殿下は顔をしかめた。

「ふーん」

「な、なんでしょう？」

「フィー、また何か夢を見たね？」

「なっ……」

目を見開く。

なぜ気づかれたのだろうか？

だが、ここで認めたら負けな気がして私は精一杯知らないふりをした。

「な、なにを言っているのです？　夢なんて見ていないですわ！」

「……本当に？」

「本当ですわ！　あっ！」

動揺したせいで扇子をカップに当ててしまう。

ガチャン！

扇子が当たったカップは派手な音を立ててテーブルに紅茶をまき散らした。軽く扇子を持っていた右手に飛び散ったが、すでにある程度時間が経っていたからだろう、熱くはなかった。

普段なら絶対にしない失態に呆然《ぼうぜん》としていると、唐突に強く手を握られる。

「大丈夫か⁉　火傷《やけど》は⁉」

顔を上げると、殿下が身を乗り出して私の手を掴んでいた。普段ならあり得ないほど近い距離に思わずのけぞってしまう。

「だ、大丈夫ですわ！　もうぬるくなってましたし……」

「そうか、それなら良かった……メイドに新しいものを頼もう」

殿下は私の手を掴んだまま傍らに控えていたメイドに指示を出す。

メイドが新しい紅茶と、手を冷やすための氷を持ってくる。

「殿下、火傷はしてませんと……」

「いいから、当てておいてくれ。今は大丈夫でも、後で悪化するかもしれないだろう？」

「……はい」

すでに紅茶は温《ぬる》くなっていたというのに、殿下の懇願するような表情に負けてメイドから氷を受け取る。

その冷たさに、動揺していた気持ちがスーッと落ち着いていくのを感じた。それと同時にまだ謝罪もしていないことを思い出して慌てて頭を下げる。

「も、申し訳ございません！　せっかく用意してくださったのに……」

「気にしなくていい。君が無事ならそれで充分さ」

ニコッと笑った殿下は不覚にも格好良くて思わずときめいてしまう。

そんな私を殿下がじっと見つめてくる。

首を傾げると、殿下が呆れたように笑った。

「それで？　今度はどんな夢を見たんだい？」

「っ……！　だから見てないですって！」

突如話が戻り、咄嗟《とっさ》に表情を隠すことができなくて思わず扇子で顔を隠す。

こういう風にも使えたのね、これ。意外に便利かも。

そんな現実逃避をしながらも、冷静に今の状況を分析している自分もいた。

なぜか夢を見たことを気付かれているが、これはもしかしたらチャンスかもしれない。

意地を張って夢の内容を話さずに殿下に冷たく当たっていれば、もしかしたら殿下は私のことを嫌ってくれるかも。

紅茶をこぼしてしまったせいでどうしても申し訳ない気持ちが拭えないが、今日の目的は『殿下に嫌われること』。動揺しているばかりでは目的を達成できないのだから、切り替えるしかない。

必死に頭を回転させてどうするか決めた丁度《ちょうど》その時、不意に殿下が眉を下げて悲しそうな表情を浮かべた。

「フィーが私に隠し事なんて悲しいな」

「うっ……」

悲し気な声音に思わず気勢《きせい》をそがれる。

そんな風に言われたら冷たく接するなんてできなくなるからやめて……！

内心で叫ぶ。

でも、そんな悲しい顔されたって言えるわけがないのだ。

殿下に婚約破棄される夢を見ただなんて。

今の殿下は私のことを大切にしてくれている。本人もまさか私たちが婚約破棄することになるだなんて思っていないだろう。

だから、言ったところで意味なんてない。

むしろ、殿下は自分はそんなことしない、と否定することだろう。もしかしたら「自分から婚約破棄なんて絶対しない」と約束しようとするかもしれない。

そんな言葉は聞きたくなかった。聞いてしまえば、夢の通りになってしまった時に余計に傷つくから。

　だから悲しそうな表情に気づかないふりをして、私は冷たい表情を浮かべた。

「私だってもう淑女《しゅくじょ》なのです。秘密の一つや二つ、あるに決まっていますわ」

「……そうか」

　え、なんでそんな表情するの？

　少し悲しそうな表情のまま、瞳の奥に得体の知れない暗いものを見た気がして、思わずぞくっとする。

　だが、その表情は一瞬でなくなり、殿下は笑みを浮かべた。

　見間違えだったのだろうか。いや、そうに決まってる。殿下のあんな表情見たことないし……。

　そんなことを考えていると、耳を疑うような言葉が聞こえてきた。

「まあ、でも、夢を見たわけではないなら愛称で呼んでもいいよね」

「え？」

　まさかの言葉に、間抜けな声が漏れた。

　いやいや、どういうこと⁉　愛称で呼ばないって話はさっきので終わりだったんじゃ……！

「私は領いてないよ?」

「心を読まないでください! っ!」

思わず叫んでしまって慌てて口を押える。

殿下は気楽に接してくださるが、それでもこの国の王太子であり次期国王であることに変わりはなく、こんな風に叫んでいい相手ではない。もし殿下が不愉快に感じたら不敬罪で罰を与えられても文句は言えないのだ。

顔から血の気がさぁーっと引いた私を見て、殿下が声を立てて笑った。

「気にしなくていいよ。君は私の婚約者なんだから」

「ですが」

「でも、今のを見逃してあげる代わりに、ちゃんと愛称で呼んでほしいな?」

それが目的か!

思わず心の中でツッコむ。

不敬罪にしない代わりに愛称で呼べってどんな要求だ。

信じられない、と目を見開いて殿下のことを凝視していると、殿下が手を組んでその上に顎《あご》を乗せて私に微笑みかけた。

……なんかイラっとする。

「婚約者だから見逃してあげるんだから、婚約者らしく振る舞うべきじゃない？　それに、別にフィーの心を読んだわけじゃないよ。顔に全部出ているだけ」

　はっとして顔に手を当てる。

　そんなに顔に出ていただろうか。

　殿下が笑みを深める。

「それで？　どうする？　不敬罪を見逃してあげる代わりに私を愛称で呼ぶか、それとも不敬罪で罰を与えられたい？」

「うっ……」

　不敬罪で罰を与えられるなんて不名誉極まりない。しかも、家族にも迷惑をかけてしまう。

　ただでさえ、婚約破棄の話で迷惑をかけてしまっているのだ。これ以上家族の重荷になんかなりたくない。

　結局、負けたのは私の方だった。

「……エド、様」

「やっと呼んでくれたね！」

　パッと笑顔になる彼に罪悪感を感じる。

嫌われたくて愛称で呼ばないようにしていたのに、これでは何も変わらない。

これからどうしよう、と内心で頭を抱えていると、殿下の視線を感じた。

その方向に目を向けると、殿下がニコッと笑う。だが、目は笑っていなかった。

「君がどんな夢を見たかは知らない、教えてくれないしね」

「それは……」

さっきから夢を見たと断言されてしまっているが、そんなに私はわかりやすいのだろうか。

何も言えずに口ごもると、殿下の口が緩くカーブを描《えが》く。

「別にいいよ。説明してほしいわけじゃない。君が私に隠し事しているのは悲しいけど。でも、そうじゃなくて、説明できないなら私はこれまでと何かを変えるつもりはないよ」

「……」

黙っていると殿下が立ちあがる。

「今日はこれでお開きにしよう。君も随分《ずいぶん》他のことに気を取られているようだしね」

「殿下っ……！」

「ああ、それと。私から逃げようなど思わないことだ」

「えっ？」

「君を離したりはしないから」

意味深な言葉を残して殿下はさっさと行ってしまった。

＊＊＊

「愛《いと》しのフィー、なぜ君は急に変わってしまったんだい……？」

王城の一室。

豪華な調度が並ぶ執務室で、王太子エドガー・フォン・アフォードは窓際に立ち、王城から出ていく一台の馬車を眺めていた。

その馬車には、エレクシス公爵家の家紋《かもん》が刻印されている。

（今日の彼女はいつもと明らかに様子が違った。紅茶をこぼすなんてミス、普段の彼女だったらあり得なかったはずだ。それに無理に失礼な態度を取っているようだったし）

お茶会の時のフィーメルのぎこちない様子を思い出してか、エドガーが笑みを浮かべる。

「慌てるフィーメル、可愛かったなぁ……、どさくさに紛《まぎ》れて手も握れたし。今日は良い日になりそうだ」

うっとりとした様子で呟くエドガー。ルビーのように赤い瞳に浮かぶのは狂気にも似た何か。

もし今、彼の表情を見た者がいたらきっと悲鳴を上げて逃げ出したことだろう。

「何か隠し事をしているようだったが、いつもと違うフィーも面白いし、しばらく付き合ってあげよう」

エドガーは新しいおもちゃを見つけたかのように、瞳をキラキラにさせる。

その時、ノックの音が響き渡る。

ガチャ。

「殿下、そろそろ会議のお時間です」

「ああ、もうそんな時間か」

部屋に入ってきてそう告げたのは、茶の長髪に眼鏡《めがね》をかけた二十代くらいの男性だ。その顔には呆れの表情が浮かんでいる。

「エレクシス公爵令嬢のことが大好きなのはわかりますが、政務をおろそかにしないでいただきたい」

「ははっ、私が仕事しないと困るのは補佐官である君だもんね、マティス」

「わかっているなら、早く会議に行きますよ」

「わかったわかった」

「ちなみに今日はフェーヴァー侯爵が議題をあげておりますよ」

マティス、と呼ばれた男の言葉に、エドガーが面倒臭そうな表情を浮かべる。

「またか。どうせくだらないことだろうに」

「ですが、フェーヴァー侯爵の言葉は完全に無視するわけにはいきません。この国の宰相《さいしょう》ですし、何より間違ったことを言っているわけではないのですから」

「だからこそ、困っているんじゃないか。完全に否定することはできないが、侯爵の言葉を聞き入れれば、侯爵の立場を有利にしてしまう。だが、あの者は腹の底に何を抱えているかわかったものではない。少しでも隙を見せれば謀反《むほん》を企む可能性もあるだろう」

まったく忌々《いまいま》しい、とエドガーは呟く。その様子をマティスは無表情で見つめている。

「とりあえず早く会議へ。これ以上大臣たちを待たせると後で私が嫌味を言われるのですから」

「そうか、それはすまなかったな」

「微塵《みじん》も思っていないでしょうに」

「バレたか」

エドガーは笑いながら立ち上がる。

そして、思い出したように窓の方を振り返った。その顔は笑ってはいるが、瞳の奥にはぞっとするほどの狂気が浮かんでいた。

「フィー、私はそなたのことを諦めたりはしない。絶対に手に入れる。たとえ、君が私のことを愛していなくても。だから、離れようだなんて考えないことだよ」

その呟きは誰の耳にも届かなかった。

第三話　聖女の力

「はぁ……うまくいかなかったわ……」

殿下とのお茶会を終え、公爵邸に戻った後のこと。

私は自分の部屋で紅茶を飲みながら、ため息を吐いた。私専属のメイド、マリンが心配そうに見てくる。

「お嬢様、お茶会で何かあったのですか？」

「ええ……」

お茶会での出来事をかいつまんで説明する。

そういえば、まさかあそこまで愛称で呼ぶことにこだわるだなんて。

説明しながら、お茶会の最中にも感じた疑問が再び浮かぶ。

不思議だった。

呼び方を変えたらしばらくは違和感を感じるかもしれないが、それだけだろう。

幼い頃から「エド様」「フィー」と呼び合ってきただけで、この愛称に何か大切な意味があるわけでもない。

今までは殿下が公の場に出たことがないためになかったが、公の場に出るようになれば一介《いっかい》の公爵令嬢が王太子のことを愛称で呼ぶなんて無礼《ぶれい》だ、という貴族はいくらでもいるはず。その批判を避ける意味でも愛称はやめた方がよかったはずなのだが。

そんなことを考えながら説明し終わった時、マリンは何とも言えない表情を浮かべていた。

「お嬢様、それ……婚約破棄する必要あるのです？」

「えっ？」

首を傾げる。

マリンは私が婚約破棄しようとしていることを知る数少ない人間の一人だ。婚約破棄しようとしている理由を知っているのに、なぜそんなことを言うのだろう？

疑問が顔に出ていたのだろう。マリンが苦笑する。

「お嬢様、人は嫌いな相手に愛称を呼ばせたりしないのですよ」

「それは、そうね」

「逆に、好きな相手には愛称で呼んでもらいたいものです。愛称で呼ぶ方が距離が近く感じますからね」

「そうね」

うんうん、と頷く。

実際、家族から愛称で呼ばれるのは愛されていることを実感できて嬉しい。

だが、それと殿下が私を愛称で呼ぶことにこだわることの何が関係あるのだろうか？

首を傾げていると、マリンが呆れたようにため息を吐いた。

「お嬢様、殿下も同じです。好きな相手には愛称で呼んでもらいたい、ただそれだけですし、私が聞いた感じ、殿下はお嬢様にベタ惚《ぼ》れしていると思いますよ」

「まさか！」

思わず叫ぶ。

そんなわけない。もしそうなら、婚約破棄することもないはずなのだから。

顔をしかめていると、マリンがころころと笑う。

「お嬢様はとても優秀でいらっしゃいますが、そちらの方面はからっきしですね」

「うっ……」

確かに、私は恋愛方面には疎《うと》かった。幼い頃から婚約が決まっていた私は、ほとんど男性と関わらずに生きてきたからだ。

関わってきた男性と言えば、殿下とお父様、親族、あとはこの家の使用人くらいだろうか。

だから、恋愛に関してなんてわかるわけがない。

むぅっと頰を膨《ふく》らませていると、マリンが笑いを収めて真剣な表情を浮かべる。

「実際にお会いしたことない私にはこれ以上のことは言えませんが、夢にばかりとらわれることなく、殿下のこともしっかり見てあげてくださいませ。せっかくお嬢様のことを愛してくださっているのですから」

「……考えてみる」

嫌だと答えたかったが、マリンの慈愛に満ちた表情を見てしまったせいで、口から出たのは肯定の言葉だった。

そんな優しげな表情されたら拒絶することなんてできない。

渋々頷いた私を見て、マリンが満足気に頷く。そのまま新しい紅茶を持ってくると告げて部屋からいなくなった。

「殿下が私のことを溺愛している、か……」

一人になった部屋で私は窓の外を眺めて独りごちた。

その言葉を聞いて気持ちが揺れ動かないかと言ったら嘘だ。もしかしたら、と信じたい気持ちも強い。

だが、私は私の能力を一番信じている。

この能力は嘘を吐かない。

それはつまり、彼が赤髪の女性に心を奪われない確率はゼロに等しいということでもある。

「迷ったらいけないわ。私は婚約破棄すると決めたのだから」

まあ、出だしから色々問題があるということはわかったけど。

あんなに殿下が頑《かたく》なだとは思わなかった。

「まぁ、でも、殿下は機嫌悪く帰ったし、嫌われるまではいかなくても悪印象は残せたかしら」

隠し事をしていることもバレてしまったし、あんなに偉そうな態度を取って、しかもわざとではないにせよ、殿下がわざわざ用意してくれた紅茶をこぼしてしまったのだ。

「ずっとこの調子だったらきっと殿下もだんだんと私のことを嫌いになるはず……

最後の言葉が気になるけど、大丈夫、よね……」

彼の傷ついた表情を見ると心が痛むが、こうでもしないと婚約破棄できない以上、嫌われることに徹するしかないのだ。

「でも、まさかお父様が考え付いたのがこんな方法だったなんてね……」

改めてお父様の発想に驚くとともに感嘆するしかない。こんな方法で婚約破棄しようだなんて誰が思うだろうか。

「私のことを考えてくれるお父様のためにも、絶対に殿下に嫌われて私から婚約破棄しないと。もうこれ以上、傷ついている姿を見せたくないわ」

このまま殿下に振り回され続けるわけにはいかない。

「今日は不機嫌にさせるくらいで終わってしまったけれど、今度は怒らせるくらいのことをやらなくては。うかうかしていると、夢と同じ状況になってしまいかねないわ」

手遅れになる前に絶対に殿下に嫌われて婚約破棄を叶えてみせる。

そう心に誓った時だった。

「はっくしょん！」

唐突に寒気を感じて体を抱きしめる。

そんな私を、ちょうど新しい紅茶をカートに乗せて部屋に戻ってきたマリンが心配そうに見てくる。

「お嬢様、お風邪ですか？」

「違うと思うけれど……でも、確かに熱っぽいかもしれない」

なんとなく体がだるいし、少し頭もぼーっとしていた。

あの夢を見てからあまりしっかり寝れていなかったから、無理をしすぎたのかもしれない。

慌てた様子でマリンが額に手を当ててくる。

「お嬢様、失礼しますね、ってすごい熱いじゃないですか……！」

「えっ？」

間の抜けた声を発する。同時に視界が揺れた。

「え、あれっ、なんか体が言うことをきかない……」

「お嬢様⁉」

身体から力が抜けていくのを感じる。

最後に見たのはマリンの慌てた表情と、そして……

脳裏に浮かんだ殿下の微笑みだった。

＊＊＊

『エド様、エド様は寂しくないのですか？』

『んーどうだろうね。王族として生まれた以上仕方がないことだから』

気が付けば私はお茶会をしたあの王城の庭に戻っていた。

だが、季節は違うのか周りには花が咲き乱れているし、私と殿下は地べたに直接隣り合って座っていた。

私の問いに殿下が悲し気な笑みを浮かべている。

殿下の年は八歳くらいだろうか？　まだまだ可愛いさの残る顔立ちでありながら大人びた美しさも持ち合わせていて、独特な雰囲気を漂わせていた。

はっとして自分の両手を見ると、視界に小さな両手が映る。まさか私も小さく……？

そんなことを思っている内にも幼い私は勝手にしゃべりだす。

『私はエド様の側にずっといますわ！　エド様に寂しい思いをさせないように頑張

りますね！』

幼い私の言葉に殿下の表情がパッと明るくなった。年相応の無邪気《むじゃき》な笑みだ。

『ふふっ、ありがとう。フィーがいてくれれば寂しくなさそうだ』

そういえば、この頃の殿下は今よりもずっと少年らしかったなぁと思い出す。

しかも、この光景もなんか見たことがある気がする。

いつのことだっただろうか？

『ねぇ、フィー』

『どうしました？』

幼い殿下が私の肩にもたれかかってくる。小柄な殿下に寄っかかられても重くはないのだろう、幼い私は愛おし気な表情を浮かべている。

幼い私がなんとはなしに殿下のさらさらな金髪を撫でると、殿下は気持ちよさそうに目を閉じた。

『絶対に君を守れるくらい大きくなるから、それまで待っててね』

『ふふっ、もちろんですわ！　私には殿下しかいませんもの！』

『僕もだよ。この先もずっと、君だけだ』

幼い私たちは笑い合った。だが、「今」の私からしたら恥ずかしいことばかりで、内心で赤面《せきめん》する。

こんなプロポーズみたいなことを言われていたの⁉　しかも、私も「殿下しかいない」って、確かにそうだったけれど、それでも、うん、何もわかっていない幼い時だから言えただけで今思えば恥ずかしいわ……！

どんなに内心でじたばた悶《もだ》えたところで幼い私の体は私の意志では動かないし、表情も変わらない。

あくまで夢ということなのだろう。自由に動かない身体が恨めしい。

そんなことを思っていると、不意に私に向かって声が聞こえてきた。

『フィーメル』

『え？』
はっとして周りを見ると、王城の庭は消え去り、私の周りには闇が広がっていた。
そして、目の前には幼い私の姿が。
えっ、と自分の体を見ると、今の成長した体に戻っている。
『どういうこと？　何が、起きているの……？』
『これはあなたの夢の中。夢見の力が見せている過去の記憶よ』
『きゃっ⁉』
混乱していると幼い私が話しかけてくる。
ぎょっとして後ろに飛び退《すさ》った。
そんな私を見て、幼い私が笑い声をあげる。
『ふふっ、未《いま》だにこの力使いこなせてないのね』
『し、仕方ないじゃない。どうやって使いこなすのかもわからないし……』
あたふたと答える私に、幼い私が冷たい眼差しを向けてくる。
『そんなんだから、赤髪の女性が誰かわからないのよ』
『それはっ……！』
反論の余地もない言葉に黙ることしかできない。

そもそも、この幼い私はなぜ、私の前にいるのだろうか？　何かを伝えようとしている？　それとも、私ですらないんだろうか？

『私はあなたの聖女の力の根源よ』

『根源？』

私の疑問を見透かしたように告げられた言葉の意味がわからず、首を傾げた。

『聖女の力の根源は女神の力の欠片《かけら》。代々の聖女が受け継いでくる過程で自我《じが》を持ち、新しい所有者になる度《たび》に所有者とともに成長するようになったの』

『つまり、聖女の力そのものにも自我がある……？』

『そう。そして、その自我を持った存在が私』

『ということは、あなたは女神の力の欠片……』

『そういうこと。この姿はあなたと共に育ってきたがゆえの姿よ』

まさかの事実に目を見開くことしかできない。

そもそも聖女の力の根源が女神の力の欠片なんて初めて知ったし、その力の根源に自我があるなんて驚きを通り越して唖然《あぜん》としてしまう。

幼い私がすっと私の方に近寄ってくる。

『あなたの夢見の力は不定期に未来を見る、それだけじゃないわ。もっとずっと強い力なの』

『もっとずっと強い力……？』

上《うわ》の空で彼女の言葉を繰り返す。

非現実的な話にすでに頭はパンク状態。

だが、ここで聞いておかないと後悔するということだけは理解していた。

『ええ、夢見の力は思うままに過去、現在、未来の情景を見て操る能力よ』

『操る、能力？』

おうむ返しに聞く。

思うままに見れるというのだけでも強力であることは明白なのに、操ることまでできる？

それは……問題しかない気がする。

『正確には、見たい未来を見ることができるから、その未来を変える方法がわかるという感じね』

その言葉に少しほっとする。

未来を変える方法がわかるだけなら、どうしてもの時以外は変えないように気を付ければいいだけだ。

ほっとした私に気づいたのか、幼い私も微笑む。

『本来、多少因果《いんが》がねじ曲がろうとも予定していた未来に辿り着くのはほぼ決まっていること。予定調和という概念があるから。実際、あなたが見た夢のことを誰かに話したところで未来が変わることはないでしょ？』

『ええ、私が直接動かない限り変わったことはなかったわ』

『そう。それは予定調和という概念で予定された未来に辿り着くしかなかったから。でも、予定調和が働くのにも限界があるの。予定されていた未来に辿り着くまでの道筋を大きく変えられてしまえば、当たり前だけど違う未来に辿り着くわ。つまり、見たい未来を見れることで、望む未来に変えるためにやらなければならないことがわかる。だから、あなたが動くことで未来を変えることができるのよ』

『難しいけど、わかった気がするわ。つまり、未来を変えるには予定外の行動を取らなければならなくて、それができるのが夢を見ることができる私だけ。だから思うままに未来を操ることができる。そういうことね』

『その通り！』

私の解釈であっていたらしい。幼い私が屈託《くったく》のない笑みを見せる。

自分の顔でありながら冷たい印象を抱いていたが、こうして見ると無邪気な、むしろ神々《こうごう》しささえ感じる面立ち。

私と同じ顔でありながら明らかに何かが違うその表情に思わず見惚れてしまう。

『ふふっ、私は女神の力の欠片だもの。あなたとは根本的に違くってよ』

『でも、そういうところは子供っぽいわね』

『ちょっ⁉』

幼い私――いや、力の欠片が頬を膨らませる。

だが、それと同時に、金色《こんじき》の光を放ち始めた。

『あ、もう時間みたいね』

『時間……？』

『この場所はあなたの無意識の中、現実のあなたは意識を失っている状態よ。でも、そろそろ目覚めの時間みたい』

『そんな！　まだまだ聞きたいことが――！』

力の欠片がにっこりと笑うと、その体が金色の光と共にさらさらと消えていく。

手を伸ばすが、彼女に触れることはできない。

『フィー、私は代々の聖女の力の根源だった。それはつまり、夢見の力以外も持っているということよ。あなたが、力を全て使いこなせるようになることを祈っているわ――』

『待って！　お願い……！』

『また、会いましょう……』

その言葉と共に力の欠片は消え去る。私が必死に伸ばした手は虚空《こくう》を――

「お嬢様っ！」

「はっ！」

パッと目を開けると、目の前には見慣れた天井が広がっていた。伸ばした手は泣きそうな顔で私を覗き込んでいるマリンに握られている。

目を覚ました私を見て、マリンがそのブラウンの瞳に涙をいっぱいに溜めた。

「お、お嬢様、目覚めてよかったです～！」

「ちょっ、マリン⁉　どうしたの⁉」

急に抱き着いてきたマリンに驚く。

思わず叫ぶと、マリンが目を潤ませたままさらに強く抱きしめてくる。

「お嬢様、倒れられてから三日も目を覚まされなかったのですよ！　私がどれだけ心配したことか……！」

「三日も⁉」

思った以上に寝ていたことに驚く。

確かに、三日も寝ていたのであれば力の欠片が言った「目覚めの時間」というのも納得である。これ以上寝続けていたらむしろ死にかねない。

「ほら、ね？　こうやって起きたのだからもう落ち着いて。私は大丈夫だから」

「それならいいのですが……みっともないところをお見せしましたね。申し訳ございません」

マリンの背中を撫でると、彼女はハッとしたように身を引いて謝ってくる。

確かにメイドが主に対してする仕草《しぐさ》ではなかった。

だが。

「ううん、心配してくれてありがとう。すごく嬉しいわ」

「うぅっ、お嬢様ぁ……」

「また⁉」

私が笑みを浮かべると、マリンがもう一度抱き着いてくる。

今度は引きはがすのに時間がかかった。明らかに楽しんでいる。

「もうっ、マリンったら……」

思わず笑ってしまう。愛されてることを実感して胸がじーんと熱くなった。

ふと、夢で見た力の欠片のことを思い出す。

結局、彼女は私に何を伝えたかったのだろうか？

本来はもっと強い力であるということか、それとも、力を使いこなせていないということか……

最後の言葉も気になる。

『フィー、私は代々の聖女の力の根源だった。それはつまり、夢見の力以外も持っているということよ。あなたが、力を全て使いこなせるようになることを祈っているわ――』

力を使いこなせるようになれば、代々の聖女の力も使えるようになるということだろうか？

だが、今までに二つ以上力を持っていた聖女なんて聞いたことない。

そもそもそんなことが可能なのだろうか？

何もかもわからない。

だが、多すぎる疑問とは裏腹に、なんとなく頭がすっきりし、力がみなぎってくるように感じた。

「なんか頑張れる気がするわ」

「お嬢様はしばらく安静です！」

「えっ⁉」

私の呟《つぶや》きをマリンが目ざとく聞きつける。

びっくりしてじっと見つめると、マリンは頰を膨らませた。

「お嬢様？　倒れられたばかりで何を言っているのですか。しっかり体調を治していただくまではベッドから出しませんからね」

「そ、そんな、もう三日も寝たから大丈夫……」

「だめです。ほら、公爵様に目が覚めたことを伝えてきますから、お嬢様は寝ててください」

布団をかぶせられて強制的に寝かせられそうになる。

反論しようとして、マリンの目に浮かぶ心配の色に思わず口をつぐんだ。

「はぁ……わかったわ」

「はいっ！」

渋々頷くと、マリンがぱぁっと笑顔になる。

そんな笑顔を見せられたら反抗なんてできない。

結局、夢を見ていたせいでしっかり寝れていなかったのか、マリンに見守られて私はそのまま眠ってしまった。

力の欠片との会話の前、どんな夢を見ていたかなんてすっかり忘れてしまったことを後悔するとも知らずに。

第四話　赤髪の女性

「まさか、こんな手紙が来るだなんて……」

倒れてから数日が経《た》ったある日、私は自室で頭を抱えていた。

手元にあるのは豪華な装飾が施《ほどこ》された一通の手紙と小さな箱。

送り主はエドガー・フォン・アフォード。箱の中に入っていたのは殿下の瞳と同じ色のブローチだった。自分の瞳と同じアクセサリーを贈るのには「あなたは私のもの」ということを示す意味がある。

「なんで殿下は私を嫌ってくれないの⁉」

力の欠片と話した日以来、私は過保護な家族によって邸《やしき》にこもらざるを得ない状況になっていた。

倒れたことを心配したお父様が様々《さまざま》な手を使って私を外に出さないようにしたからだ。

だが、それは私にとっても都合の良いことだった。

なぜなら、病気で引きこもっていれば殿下に会わずして嫌われるような行動を取れるからだ。

実際、あのお茶会以降、私が殿下に嫌われるためにしたことといえば両手の指では足りないほど。

お見舞いしたいという手紙に『来ないでください』と素っ気《そけ》なく返したり、届けられた見舞いの品をそのまま突き返したり。

一度は直接来た殿下に、「具合が悪化して寝ているため会えない」と伝えて追い返したこともあった。

これだけ邪険《じゃけん》に扱われれば、どんなに穏やかな人間でも相手のことを嫌わずにはいられないはず。

それでも、殿下からの手紙や贈り物は絶えない。それどころか、贈り物はより高価に、沢山になっていく。

「今までも大切にしていただいていたけれど、それでもここまで手紙や贈り物を頂いたことはなかったわ……」

それに、紅茶をこぼしてしまった時のあの慌てぶり……むしろ私が驚いてしまったほどだ。

「早く嫌われなきゃいけないのに、あんな姿を見せられたら酷《ひど》いことなんてできないじゃない……」

心配されて握られた右手をなんとはなしに触る。ぎゅっと握られた感覚が未だに残っていた。

「そもそも、こんなに嫌われるようなことをしていたら、もし私のことを愛していたとしても嫌いにならずにはいられないはずなのに」

それなのに今、私の手元にある手紙の内容は殿下からの『デートのお誘い』だった。

「こんなのどうすれば……」

コンコン。

招待状を握りしめて考え込んでいるとノックの音が響く。

返事をすると顔を出したのは、私専属のメイド、マリンだった。

「お嬢様、フェーヴァー侯爵令嬢がお見舞いにいらっしゃっております」

「ティアが？」

「はい。とても心配された様子でもし会えるなら会いたいと」

ティア――ベスティア・リル・フェーヴァー侯爵令嬢。殿下以外では一番長く付き合いのある私の親友だ。

ティアの御父上、フェーヴァー侯爵はこの国の宰相《さいしょう》であり、抜け目がなく何を考えているかわからない人物。殿下も、そしてお父様も警戒されている。

だが、私とティアは幼い時にパーティーで出会ってからずっと仲が良かった。お互い、高位貴族に位置し、本当の友達などなかなか見つけられない身分だからこそ、権力争いに関係なく仲良くなれた。

私が邸で療養していることなどすでに社交界では噂になっていることだろう。心配してお見舞いに来てくれたことが嬉しくて、私は勢いよく立ち上がった。

「もちろん会うわ！　案内してちょうだい」

「かしこまりました」

私の様子に、マリンがほっとしたように微笑んだ。

＊＊＊

「ティア」

「フィー、久しぶりね！　体調は大丈夫なの⁉　倒れたって聞いたけれど……」

ティアが待つという応接室に入ると、赤髪にペリドット――俗に言うオリーブ色の瞳を持つスレンダーな美女がいて、私を見ると心配そうな表情でパッと立ち上がった。

「ええ、大したことはないの。お父様が過保護で……」

「ふふっ、公爵様はフィーのこと溺愛されてるものね。元気そうでよかったわ」

苦笑しながら告げると、赤髪の女性――ティアはほっとしたように息をついた。

優しく細められるペリドットの瞳。綺麗な赤髪がサラッと揺れて、思わず目が吸い寄せられる。

ドクン。

心臓が嫌な音を立てた。

――結局、殿下の「真実の愛」の相手って誰だったのかしら……？

ぼーっとしているとティアに顔を覗き込まれる。

「フィー？　大丈夫？　顔色が悪いわよ？」

「あ、えっ、大丈夫よ！　ちょっとぼーっとしちゃっただけ」

「そう？　それならいいのだけど……もしかして噂のことで悩んでいるの？」

「噂？」

首を傾げる。何か私の噂が出回っているのだろうか？　ずっと家にこもっていたから全然知らない。

ティアがぎこちなく頷いた。

「ええ……もしかしたらあなたが引きこもっているのは噂のせいもあるのかもって心配だったのだけど……その様子なら何も聞いてないのね？」

「ええ、特には」

ティアがほっとしたようにため息を吐いた。

だが、私はその噂が何か気になって仕方がない。ティアの口調を聞く感じ、確実に悪い噂だろう。変な噂が立ってしまえばエレクシス公爵家を忌々《いまいま》しく思っている貴族に足を引っ張られかねない。

「どんな噂か詳しいことを聞いてもいいかしら？」

「いいけれど、聞かない方が……」

言いづらそうな表情。

そんなに悪い噂なら絶対に聞いておかないと。

「大丈夫。知りたいだけだから」

じっと見つめると、ティアがぎこちない笑みを浮かべる。

「えーっと、あなたが殿下の贈り物を捨てたとか、お茶会の時に無礼に振る舞ったとか、紅茶をかけたとか……あなたが王太子殿下の婚約者であることを笠に着て好き勝手に振る舞ってるっていう類《たぐい》の噂よ」

「……」

誇張《こちょう》されてはいるが大体合っている。

婚約者であることを笠に着ているつもりはないが、そう思われても仕方がないだろう。ここまで無礼に振る舞えば周囲にそう取られても文句は言えない。

それに、私と殿下のお茶会を知っているのは王族と私たち家族と、お互いの使用人のみ。家族や殿下方がそんな噂を流したとは考えづらいから、使用人同士の噂話がだんだんと歪曲《わいきょく》されてしまったのだろう。

嫌な知らせではあったものの、殿下に嫌われると決めた時から予測していた事態ではある。それに、他の貴族から私が殿下の婚約者に不適格だ、という話が出れば婚約破棄しやすくなるし、考えようによってはむしろありがたい噂だ。

俯いてじっと考え込んでいると、ティアが恐る恐るといった感じで声をかけてくる。

「私はフィーがそんなことをしたなんて思っていないけれど、それでも火のない所に煙は立たぬって言うでしょ？　何か私の知らないことが起こっているんじゃないかと心配になってこうやって飛んできちゃったのだけど、迷惑だったかしら……？」

「そんなことないわ。心配してくれてありがとう」

笑みを浮かべると、ティアの表情がぱっと明るくなる。

「それなら良かった！　でも、なんでこんな噂が流れたのかしら？　フィーに限ってそんなことあり得ないのに……」

ぎくっとする。

確かに普段の私なら考えられないだろう。今でこそ殿下に失礼な態度を取っているがあくまでそれは嫌われるためだ。

そうでなければ、こんな態度、お願いされても取ろうとは思えない。

「あ、あはは……なんでそんな噂が出てきたのかしらね」

言えない。噂は誇張されているけど大体合っているだなんて。

ティアは私の唯一の親友。婚約破棄することで殿下を失うというのに、彼女まで失うわけにはいかない。

「そ、そういえばお父様が有名なタルト買ってきてくださったの。良かったら一緒に食べない？」

「もしかしてゴールデンローズのあの幻のタルト⁉」

咄嗟に話を逸らすとティアが目を輝かせて食いついた。内心で安堵《あんど》のため息を吐く。

「そうそう、一番人気のベリーがたくさんのっている……確かベリーのタルトはティアの大好物だったわよね」

「覚えてくれたのね！　もちろん食べるわ！」

「今持ってきてもらうわね」

マリンにタルトを準備してもらう。

その間、ティアと他愛《たあい》もない話で盛り上がっていたが、どうしても脳裏にある一つの可能性がちらついて離れなかった。

——もし、殿下の「真実の愛」の相手がティアだったら？

あれ以来、驚くほど夢は見ていない。力の欠片に会ったことで何かが変わったのかと思ったが、そんなことはなかったようだ。だから、未だに赤髪の女性が誰かわからない。

しかし、目の前のティアの髪色と夢の中の赤髪の女性の髪色は驚くほどに酷似《こくじ》していて、嫌な想像が掻き立てられる。

彼女は自分から殿下を誘惑したのだろうか？

私は、彼女に、裏切られていたのだろうか？

「……そんなこと、耐えられない」

「フィー？　何か言った？」

「あ、ううん、なんでもない」

心配させないように笑顔を作る。

まだこれは可能性だ。それに、ティアに限って私を裏切るなんてそんなことあるわけがない。

ティアが殿下の『真実の愛』の相手だなんて馬鹿げた想像はやめよう。

そう決めたのと同時に、ノックが鳴り響いた。

「お嬢様、タルトを持って参りました」

「あ、マリン、ありがとう。入って」

マリンが持ってきたタルトを見てティアが目を見開く。

「わぁ、すごい……！　輝いているわね……」

「ええ。まるで一種の芸術作品よね」

美しいタルトを見ながらも、どうしても心の中は晴れない。さっき浮かんだ可能性が頭の中にこびり付いて離れないのだ。

——きっと大丈夫。それにもう、婚約破棄するって決めたじゃない。婚約破棄してしまえば二人が付き合おうと私が気にすることじゃないわ。

そう自分に言い聞かせながら、私は必死に笑みを浮かべ続けた。

＊＊＊

「お嬢様、少しよろしいですか？」

タルトを食べ終わってそろそろティアが帰る、そんな時に邸の執事が慌てた表情で応接室にやってきた。

嫌な予感がして思わず顔をしかめる。

「どうかした？」

「それが……」

耳元で告げられたまさかの事態に、私は思わず真っ青になった。

「ま、まずいわ。まだティアもいるのに……」

「今は公爵様もご不在で執務室にお通しするわけにもいきません」

急な招かれざる客の訪問に慌てる。

ティアが不思議そうにこちらをじっと見ているが、説明する暇もなければ、説明することもできないからどうしても放置になってしまう。

「帰ってもらうことは？　体調が悪いことは知っているはずだし……」

「少しだけでいい、顔を見れたら帰るからと仰っていて、お待ちになられていて、私たちではどうすることも……」

「そんな……」

どうしたらいいのだろう。このタイミングで彼が来るなんて。

最悪なタイミングに頭を抱えていると、不意に廊下が騒がしくなる。

「まさか⁉」

慌てて廊下に出て騒ぎの原因を確かめようとしたが、一足遅かった。

ドアノブを摑もうとした瞬間、扉が開かれる。

「「あっ……」」

予想していた通りの状況に固まった私をよそに、扉を開けた人物はぱっと笑みを浮かべる。

「フィー！　会いたかった！」

　そこにいたのは、黒いローブを身にまとったエドガー殿下だった。

＊＊＊

「それで、殿下はなぜここに？」

　殿下を立たせっぱなしにするわけにはいかないため、応接室に通して紅茶を出したところで、私は殿下に問いかけた。

　私の隣にはどういう状況かわからなくて戸惑っているティアがいるが、殿下の話を聞かないとティアに説明することもできないため、ひとまずはスルーする。

　ごめんなさい、ティア。

　心の中で謝って殿下を見ると、殿下が紅茶を飲みながらにっこりと笑う。

「やだなぁ、愛しの婚約者に会いに来ただけじゃないか。確かに先ぶれを出さなかったことは失礼だったかもしれないが、会いたいと手紙を送っても君が断るのだからこうするしかないだろう？」

「ですが、そうされたことでこのように私の友人と鉢合わせてしまったじゃありませんか」

王族は成人まで公の場に姿を現さない。それなのに婚約者の邸で他の貴族と鉢合わせしていいわけがない。

じっと見つめていると、殿下が苦笑する。

「それに関してはすまない。間が悪かったようだな」

「本当ですよ。まさかここまで殿下が感情的に行動されるとは思いませんでしたわ」

「ははっ、我が婚約者は手厳しいな」

笑う殿下にため息を吐く。

このようにしきたりを破り続ければ、いつか弱みとなって殿下を敵対視する貴族に付け込まれかねない。愚かな貴族たちが「しきたりを守れない人間を国王になどあり得ない」などと言い出す可能性だってあるのだ。

そんなことで殿下の王位継承が揺らぐとは思えないが、それでも面倒くさいことになるのは確かだろう。ちゃんとそこまで考えているのだろうか。

「フィー、顔に全部出てるよ」

「あっ……申し訳ございません」

知らず知らずのうちにしかめっ面になっていたらしい。

殿下に指摘されてかあっと顔が熱くなる。貴族たるもの、表情を隠すことなど当たり前のことなのに。

恥ずかしくて俯くと、笑い声が響く。

「気にするな。君が私のことを気にかけてくれるということも知れて嬉しいしな。それに君が思っているようなことは起きないから心配しなくて良い」

「……それなら良かったです」

なんとなく気恥ずかしくて殿下から顔を背ける。

これは幼馴染に対するただの心配、そう、ただの心配でそれ以上の好意はないわ。たとえ婚約破棄をしようとも殿下が私の幼馴染であることは変わらないのだ。私が殿下を心配することは当たり前だ。

そう言い聞かせていると、殿下が不意にティアを見た。

「それより、そろそろそちらの令嬢を紹介してくれないか？　彼女も戸惑《とまど》っているようだし」

「あっ、そうで……」

「いえ、今のお話を聞いて大体わかりましたわ」

「えっ？」

私の言葉を遮《さえぎ》った彼女は、さっと立ちあがると優雅にカーテシーをした。

「お初にお目にかかります、フェーヴァー侯爵が長女、ベスティア・リル・フェーヴァーにございます。フィー……エレクシス公爵令嬢とは友人として仲良くさせていただいております」

その瞬間、殿下の表情が一瞬だけこわばった気が、した。

しかし、次の瞬間にはまるで何事もなかったかのように元の柔らかい表情に戻った。

「丁寧にありがとう。エドガー・フォン・アフォードだ。すまない、邪魔する形になってしまったようだな」

「いえ、お気になさらず。あと三か月はお会いできないと思っておりましたので、お会いできて光栄でございます」

「そう言ってくれると助かる。私のことは気にせずくつろいでくれ」

「ご配慮、ありがとうございます」

殿下が笑みを向けると、ティアも綺麗な笑みを見せた。

その瞬間、私の胸の内にはっきりと黒いものが広がった。

「　　　　　　　　　　」

——この二人、お似合いだ。

微笑みながらも隙のない雰囲気の殿下と、赤い髪を靡《なび》かせ凛とした雰囲気を纏《まと》うティア。まるで、お互いがお互いのために存在するかのような、これ以上ないほどお似合いな二人。

まさか、本当にティアが夢に出てきた赤髪の女性……？

「……ィー？　フィー！」

「は、はい！」

嫌な考えにとらわれていると、不意に名前を呼ばれてはっとする。前を見ると、殿下とティアが心配そうな表情でこちらを見ていた。

「え、えっと、何か……？」

「大丈夫か？　何度呼んでも聞こえていないようだったが……」

「も、申し訳ございません！　少しぼーっとしていて……」

「フィー、無理しちゃだめよ？　まだ病《や》み上がりでしょう？」

「そうだ、一度倒れたそうだし、無理はしないようにね」

殿下とティアに口々に言われて、私は苦笑するしかない。

「大丈夫ですわ。お二人とも、ありがとうございます」

私の表情を見て、二人は安心したようだった。

こんなに優しいティアが私を裏切っているわけがない。きっと大丈夫。

それに、もしティアが殿下と結ばれても、婚約破棄してしまえば私には関係ないことよ。親友と幼馴染だもの、二人が幸せなら喜ばないと……。

そんなことを考えていると、あることを思い出す。

「そういえば、ティア、今日ここで殿下に会ったということは内緒にしてくれるかしら？　このことが他の貴族に漏れるとかなりまずいから……」

「もちろんよ。でも、フィー、殿下に会うのを拒否していたの？」

ティアがどうして、という表情で聞いてくる。

せっかく殿下が来る前に噂を誤魔化したのに台無しだ。

私は若干《じゃっかん》の苛立ちを感じながらも、それを隠して曖昧に微笑む。

「それは――」

「そうなんだ。最近、急にフィーが冷たくなってね」

「なっ！」

私の言葉を遮《さえぎ》って告げたのは殿下だった。事実をストレートに言われて思わず声を漏らす。

友人であるティアにこのことを告げれば私が殿下につれない態度を取ることができなくなると考えてのことなのだろうが、流石《さすが》にこの展開は予測していなかった。

アワアワする私をよそに、殿下は言葉を続ける。

「体調崩したって聞いたからお見舞いに来ようとしても来るなって言われるし、わざわざ直接来ても追い返されるし。だからこうやって今日無理やり来たんだ。令嬢と会っているとは思わなかったしね。私とは会ってくれないから」

「まぁ、フィーがそんなことを……」

ティアが口元を手で隠して信じられない、お前は何を考えているんだ、という表情で見てくる。

しかし、そんな彼女に気づいていないのか、はたまた気づいていてもスルーしているのか、殿下は笑って言葉を続けた。

「まあ、でも、元気そうでよかったよ。今後、令嬢だけではなく私にも時間を割《さ》いてくれればいいさ」

「……はい。お気遣いいただきありがとうございます」

絶対に嫌、と思いつつ頭を下げると、殿下がふっと笑う気配がした。そのままスッと立ち上がる。

「それじゃあ私はそろそろ王城に戻るよ。邪魔したね」

「あ、お見送りを……」

「いや、良いよ。二人はこのままお茶会を楽しんでくれ」

立ち上がった私たちに、殿下がふわっと微笑む。隣でティアが息を呑んだ音が聞こえた。

「……かしこまりました。それでは、お気をつけてお帰りください」

「ああ」

傍《かたわ》らに控えていた執事が粛々《しゅくしゅく》と扉を開ける。

だが、殿下は部屋から出る直前、その場でピタッと立ち止まると私の方を振り返った。

「フィー、デートにはきっと来てくれると信じているよ。その時は正しい呼び方で呼んでくれるよね」

「あっ、えっと」

そういえば、今日もずっと殿下と呼んでいた。どうやらそのことを根に持っていたらしい。

唐突な言葉にどう答えようか迷っていると、殿下の口元が小さく動いた、気がした。

「これ以上私の気を引くようなことはしないでくれ。耐えられなくなるから」

「今何か……?」

「いや、気にしなくていい。会えるのを楽しみにしてるよ。ベスティア嬢も機会があればぜひ」

「は、はい!」

優雅にカーテシーをして答えるティア。

殿下はそれ以上何も言わずに帰ってしまった。

「はぁ……まさか王太子殿下に会うだなんて」

殿下がいなくなると、ティアがどさっとソファに座り込んだ。私もその隣に腰を下ろす。

「エドガー様、すごく格好良かった……愛されているフィーが羨ましいわ」

「そう、かしらね。確かに殿下は格好良いけれど、私を愛してはいないと思うわ」

うっとりと声を漏らしたティアに思わずツンとした言い方をしてしまう。

ティアが目を瞠《みは》った。

「そんなことないと思うけど……」

「幼馴染だから良くしてくれているだけよ」

「フィーがそう言うなら、そうなのかしらね……」

明らかに納得していない表情。だが、次の瞬間、その表情から一転して今度は睨んでくる。

「それよりも、フィー！　なんで殿下に失礼な態度を取っているのよ！　お見舞いに来た殿下追い返したとか正気じゃないわ！」

「仕方ないじゃない。私には私の理由があったんだから」

「理由？　どんな理由があるにせよ、あんな素敵な方に無礼な態度を取るだなんて意味がわからないわ！」

「ティアには関係ないでしょ」

理由も聞かずに責めてくることに若干の怒りを覚えて思わず冷たく言い放つ。

確かに、一介の公爵令嬢が王太子殿下に冷たく当たるなど、普通の貴族令嬢からしたら考えられないことだろう。

だが、私だって理由がある。そもそも、理由がなければそんなことはしない。

いくら彼女が心配してくれているからと言えど、私だってしたくてしているわけではないのだから、責められると悲しい。

それに、ティアと殿下がお似合いと思ってしまったからだろうか。柄《がら》にもなく苛立っていた。

そんな私の様子にまずいと思ったのか、ティアが表情を和《やわ》らげて、手を握ってくる。

「ねぇ、フィー。何か理由があることはわかったわ。でも王太子殿下をないがしろにしてあなたに良いことなんて一つもないのよ。今は許されていても、いつか不敬罪で取り返しのつかないことになるかもしれない。そうなってもいいの?」

心配そうな表情のティアに私も表情を和らげる。

「……ティア、お願いだからもうこれ以上は聞かないで。あなたの言いたいことはわかるわ。それでも、こうしないといけない理由があるの」

「……そうなのね」

悲し気な表情を浮かべるティアに申し訳ない気持ちがむくむくと湧き上がってくる。

ティアは間違ったことは言っていない。ただ私が、自分よりも殿下の隣が似合っていることに嫉妬《しっと》して当たっているだけだ。

情けない自分の様子に、私は俯いた。

ティアが私の手をそっと離して立ちあがる。

「フィー、私もそろそろ帰るわ。あなたが元気な姿も見れたしね。お互い少し落ち着いた方が良さそう」

「そうね。今日は来てくれてありがとう。途中までは本当に楽しかったわ」

「ええ、私も。それじゃあ、また」

＊＊＊

「レナルド、フィーメル・ド・エレクシスと王太子殿下に何があったのか調べて頂《ちょう》戴《だい》」

「かしこまりました」

ベスティア・リル・フェーヴァーはエレクシス公爵家からの帰り道、馬車の中で控えていた執事に命じた。

「何かしら有益な情報を持ってきてくれると信じてるわ」

「もちろんでございます」

深々とお辞儀をする執事を尻目に、ベスティアは馬車の窓からエレクシス公爵邸を眺めた。

「フィーのあの様子……絶対に何かあるわ」

ぽつりと呟く彼女の表情は、フィーメルに見せていた無邪気なものとは一転して、ほの暗い欲望が浮かんでいた。

「うふふっ、もしかしたら王太子殿下を私のものにできちゃうかもしれないわね」

＊＊＊

「はぁ、疲れた……」

ティアが帰った後、私はベッドに倒れ込むようにして寝転がっていた。

久しぶりに人に会ったからでもあるが、それ以上に、ティアと殿下の様子、そして浮かんでしまった「夢の中の赤髪の女性はもしかしたらティアかもしれない」という疑惑に感情を動かされすぎて、ほとほと疲れ切っていた。

「二人、本当にお似合いだったな……」

三人でいる時も思ったが、ティアと殿下、とてもお似合いだった。二人とも美男美女で、醸《かも》し出す雰囲気がとても似ている。

　それに比べて私は、殿下に嫌われるためとはいえ嫌な女を演じて、しかも銀髪と真っ白な肌が相《あい》まって今にも消えてしまいそうなほど儚《はかな》い容姿。

　殿下とティアの側にいると、私の家であり、私の婚約者と親友でありながら、私が疎外感を覚えずにはいられなかった。

　そして、そんな思いを抱《いだ》く自分が嫌で嫌でたまらない。

「はぁ……殿下とのデートの件もあるし」

　わざわざ直接来て言われてしまった以上、断るわけにはいかないだろう。

「ずっと会うのを拒否していたのに、わざわざ来るなんて」

　婚約破棄されるのだから、殿下は私のことを愛していないと思っていた。それなのに、ここ最近の殿下はまるで私のことが大切で仕方がないみたいな行動ばかりで、混乱する。

　もう殿下が何を考えているのかわからなかった。

　ぼふっと枕に顔を埋める。

「私はどうしたらいいのかしら……」

　疲れすぎていたのだろう。私は吸い込まれるようにして眠りの世界に入っていった。

第五話　デート⁉

「殿下、おはようございます」

「ああ、おはよう。ドレスで着飾った君もいいが、私服に身を包んだ君も可憐《かれん》で可愛らしいね。綺麗な銀髪が見えないのは残念だけど」

「あ、ありがとうございます」

波乱《はらん》のお茶会から数日後。

結局、来てしまった……殿下とのデートに！

そう、今日は殿下から誘われていたデートの日。私と殿下は家紋が付いていない馬車に乗ってお忍びで街を目指している。

私はネイビーのワンピース、殿下は黒いズボンに白シャツ、ノースリーブのベストというラフな格好だ。私に至っては聖女以外にはあり得ない特徴的な銀髪を隠すために茶髪のウィッグも被っている。

目の前に座っている満面の笑みの殿下を見て、内心で号泣するしかない。

これでは今までの努力が無駄だったと認めざるを得ない。ティアと鉢合わせたときは私のことを冷たいだのなんだの言ったくせに、なんで、なんで嫌ってくれないのよ……！

本当は今日だって来たくなかったのだ。でも、わざわざ来るよね？　と念を押されてしまった以上、行かないわけにはいかず、結局いやいやながら殿下のお誘いを受ける羽目《はめ》になったのである。

今まで街に出たことがなかったから誘惑に負けたとかそんなんじゃない、ないんだから。

そんなことを考えていると、殿下が鋭い視線を投げかけてくる。顔が笑っているから余計に怖いなんて口が裂けても言えないわ。

「ねぇ、フィー。公爵邸で私が言ったこと覚えてる？」

「えっ？　えーっと、なんのことでしょう……？」

首を傾げるとさらに眼光が鋭くなる。今の私は蛇に睨《にら》まれた蛙だ。

「わかっているよね、正しい呼び方で呼んでほしいって言ったんだけどな？」

「正しい呼び方は殿下では……」

「フィー？」

「……エド様。これでよろしいですか？」

有無《うむ》を言わせない口調で名前を呼ばれて、私は敗北した。殿下がぱぁっと笑みを浮かべる。

「やっと呼んでくれたね。ずっとそう呼んでくれ」

「……」

「はぁ、君は意外に頑固《がんこ》だね」

呆れたように笑う殿下に対し、言質《げんち》を取らせないために無言を貫く。視線に耐え切れずに顔を逸らした。

毎回のことになりつつあるこの愛称問題、そろそろ諦めてくれないだろうか。まあ、いつも私が負けている以上、殿下が諦めることはない気もするが。

そんなことを考えていると、「そういえば」と殿下が呟いた。

「ここ数日、公爵邸で会った君の友人……フェーヴァー侯爵令嬢がよく王宮に出入りしているよ」

「えっ？」

ドクン。

ティアの赤髪を見た時と同じくらい、いやそれ以上に心臓が嫌な音を立てる。

冷や汗が流れた。

殿下がため息を吐く。

「侯爵の仕事についてきているらしいが、王宮の中で鉢合わせしないか心配でね。一度会ったことがあるからと言っても、本来私はまだ公の場には出てはいけないからできるだけ会いたくない。フィーは彼女が王宮に出入りしている理由、知ってたりしないか？」

「知りませんわ。本当に侯爵閣下《かっか》のお仕事についてきているだけでは？」

そう答えながら、殿下の言葉にほっとしている私がいた。

やっぱりティアは殿下の『真実の愛』の相手ではなかったのだ。もし『真実の愛』の相手であれば、わざわざ避けようとしたりはしないだろう。

殿下がうーん、と唸る。

「そうだといいんだが。フィーの友人だ。結婚すれば王宮で会うこともあるだろう。私だって嫌いになりたくはない」

「ご配慮ありがとうございます。そのお言葉を聞いたらティアも喜びますわ」

微笑むと、殿下が目を見開いた。バッと視線を逸らされて、私は首を傾げる。

「殿……エド様？　どうされました？」

「な、なんでもない。それよりそろそろ街だよ」

なんとなく殿下の耳が赤い気がするが、きっと見間違いだろう。

そう自分を納得させると、殿下が指した方向を見て私は歓声をあげた。

「わぁ、すごい……！」

沢山の屋台、楽しそうに談笑する人々、駆けまわる子供たち。

初めて見る光景ばかりでどれも新鮮に感じる。

公爵令嬢であり、聖女でもあった私は自由気ままに外出することなど許されなかった。何か必要なものがあったら商人を邸に呼べばよかったからというのもある。

だからこの光景は私にとっては別世界に等しかった。

「フィー、そんなに窓から身を乗り出していると落ちてしまうよ」

「あっ、ごめんなさい」

笑いながら声を掛けられて、思わず真っ赤になる。座り直すが、殿下の顔を直視できない。

「そんなに喜んでもらえるなら街でのお忍びデートを提案して良かった。君は街は初めてだろう？　今日は私にエスコートさせてくれ」

「……お願いします」

嫌われるためにはこのままじゃいけないと思うのに、私は殿下の提案に頷いてしまう。

と、あることに気付いて、首を傾げた。

「エド様は、街は初めてじゃないのですか？」

「ああ、私は視察もかねて何度か行ったことがあるよ。容姿《ようし》がバレていないおかげで堂々と歩けるしね」

「……なるほど」

なぜ、私より身分が高い殿下は気軽に街に行けて、私はいけないのか。理不尽だ。

それに、いくら容姿がバレていないと言っても、殿下ほど整った容姿の方が歩いていたら女性に囲まれそうなものだが。

「囲まれないと言ったら嘘になるね」

「ですよね」

心を読まれたかのように告げられた言葉に反射的に頷く。

表情を読まれることには慣れてしまってもう何も思わない。ただ、やっぱり殿下はモテるんだな、と思うだけだ。

「何？　嫉妬した？」

「いえ、別に」

期待を込めた目で見つめられるが、即座に首を振る。

嫌じゃないと言ったら嘘になる。だが、婚約破棄すると決めたのだ。嫉妬なんて見苦しい感情、抱くべきではない。

そんな私に殿下が苦笑する。

「冷たいなぁ」

「本心ですので」

素っ気なく告げた丁度その時。

ガタン。

馬車が止まった。護衛の騎士が外から声をかけてくる。

「殿下、聖女様、着きました」

「ありがとう。あと、その呼び方はやめてくれ。お忍びの意味がなくなってしまう」

「はっ。では、お坊ちゃま、お嬢様と呼ばせていただきます」

「それで構わない。あと今日はついてこないでくれ。ここで待っていてくれればいい」

「ですが……」

「危険な場所に行くわけではないのだ。反論は許さない」

「……かしこまりました」

王太子ともあろう人がお忍びといえど護衛無しで街に繰り出していいものなのだろうか？　いや、そんなわけがない。

だが、殿下のきっぱりとした口調に護衛が反論できるわけもなく、護衛は困った表情を浮かべながらも引き下がった。

殿下は先に降りるとスッと手を差し出してくる。

「お手をどうぞ、お嬢様」

その仕草に息を呑む。

整った顔立ちで甘く微笑むのは反則だと思う……！

だが、その手を取るわけにはいかない。

「自分で降りられますわ」

「そう、か……」

殿下の手を無視して馬車を降りる。殿下は悲し気に手を下ろした。

若干の罪悪感を感じずにはいられないが、気づかないふりをする。

「さあ、行こうか」

「はい」

　殿下に頷いて隣に並ぶ。

　このデートを楽しんでしまえば負けだ。私は嫌われないといけないのだから。楽しんでいる場合じゃない。

　ぎゅっと拳を握り気を引き締める。

　その様子を殿下がじっと見つめていたことに私は気づかなかった。

＊＊＊

　二時間後。

「はぁ、はぁ、はぁ……やっと抜け出せた」

　私は人が溢れかえっている大通りを一人で歩いていた。

「ずっとはぐれるタイミングをうかがっていたのに、殿下が全然離れてくれないんだもの。思った以上に時間がかかってしまったわ」

わざとはぐれて先に帰れば、流石の殿下も私のことを嫌うだろう。

そう思って昨日からこの作戦を練っていたのに、まさかはぐれるタイミングを見つけることすらできないとは。

結局ランチを食べたレストランでお手洗いに、と言って逃げてきたが、ここまでくると殿下は私の企《たくら》みに気づいていて絶対に目を離さないようにしていたんじゃないか、そんなことを勘ぐってしまう。

「それにしても、殿下ってあんなにぐいぐい来る方だったかしら……？　私が嫌われようとしはじめてから、どうも甘い気がするのよね。以前までも優しかったけれど、今は段違いだわ」

今日の殿下は特に積極的だった。

『フィー、あれ食べる？』

『フィー、この首飾りはどうかな？』

『フィー、射的だって！　面白そうだよ！』

「ふふっ、射的ではしゃいでいた殿下、可愛らしかったな……」

射的とは簡単な弓を用いて、棚に並べらた景品を射貫《いぬ》く遊びだ。

殿下は剣は使われるが弓は持ったことすらなかったらしく、珍しく興奮していて、その姿は普段の王族らしい姿とは違って年相応の男の子らしかった。

そんな姿を見せてくれることに、私に対して気を許してくれていることを感じ取って嬉しくなる。

「でも、それも今日までね。さすがにはぐれて勝手に帰った相手は嫌いになるでしょう」

今の状況を思い出して、私は眉間に皺《しわ》を寄せた。願っていた通りの展開のはずなのに、どうにも気持ち悪さを拭《ぬぐ》えない。

そんな自分に苦笑する。

「今更なにを言っているのかしら。もう決めたことなんだからこんなことを言っても仕方ないのに」

私には嫌われて婚約破棄をする、それ以外に選択肢などないのだから。

そんなことを考えながらふと辺りを見回して、あることに気付く。

「ここはどこかしら。マリンが馬車で迎えに来てくれているはずなのだけど……」

考え事をしながら歩いていたからか、気が付けば見知らぬ場所に来ていた。しかも、大通りとは違って薄暗く、お世辞《せじ》にも雰囲気が良いとは言えない。遠くからは喧嘩《けんか》のような声が聞こえてくる。

なんとなく怖くなって両手でぎゅっと自分の体を抱きしめた。

「は、早くここから離れた方がよさそうね……あっちかしら?」

なんとなく当たりを付けて足早に進む。

だが、しばらく歩いても同じ光景が続くばかりでなかなか大通りには辿り着かない。

「こ、こっちで合ってるわよね……」

不安になりすぎて足を止めようとしたその時。

「あっ」

目の前、路地を抜けた先に大通りが見えた。

「あってたみたいね。ようやくようやく帰れる……っ!」

駆け足になった直後、衝撃を感じて後ろに跳ね飛ばされた。

「うっ、痛っ……」

「ああん、お前、何ぶつかってやがる! 前見て歩けないのか!」

どすの利《き》いた声に顔を上げると、いつの間にかいつい見た目の男が目の前にいた。明らかにならず者といった風貌《ふうぼう》で、頭の中で警鐘《けいしょう》が鳴り響く。

「す、すみませんっ……！」

「ああん、お、お前可愛い顔してるじゃねぇか。連れてけば良い金になりそうだな。それで詫《わ》び代としてやるよ」

「や、やめてくださいっ……！」

腕を掴まれて悲鳴を上げる。男の力は強すぎて振り払おうにもびくともしない。

無理に立ち上がらされる。このままこの男についていってしまえばどうなることか。

――だ、誰か助けて……！

藁《わら》にも縋《すが》る思いで大通りの方を見ると、ありえない光景を目にして思わず息を呑んだ。

「殿下と、ティア……？」

「ああん？」

一瞬だったから見間違いかもしれないが、今確かに金髪の男性と赤髪の女性が並んで通り過ぎた。

どちらの髪色もこの世界では珍しくないため、他の人の可能性もある。だが、あの溢れんばかりの高貴なオーラは彼ら以外に思いつかない。

――なんで、ティアが殿下と一緒にいるの？

疑問がぐるぐると頭の中を巡る。

――やっぱり、ティアが殿下の「真実の愛」の相手……？

硬直していると、無視されたと思った男が気を悪くしたのか声を荒げた。

「おい、無視すんじゃねぇ！　痛い目に合わされたいのか！」

「きゃあ！」

髪を引っ張られて悲鳴が漏れる。と、頭を締め付けていたものが外れた感じがした。

「えっ……？」

「おおう、これはどういうことだ？」

不機嫌だった男が一点、手に摑んでいるものと私を見てニタニタと笑みを浮かべた。

男が手に摑んでいるもの、それは――私が付けていた茶髪のウィッグだった。

「あっ……」

銀髪に青い瞳は聖女の証。この国の住人であれば皆知っていることだ。先ほどまで以上の身の危険に体を震わせる。男がずいっと顔を近づけてきた。

「まさか、ぶつかってきたお嬢ちゃんが聖女だったなんてなぁ！　思わぬ拾い物をした」

「ひぃっ」

男の手が私の髪に触れる。

まずい。聖女であるとバレてしまった以上、殺されることはなくてもどこかに売り飛ばされることは確実だろう。

聖女の価値は計り知れない。しかも今代の聖女が——つまり私が——公爵令嬢であることは周知の事実。私のせいでお父様が窮地《きゅうち》に立たされる可能性だってある。

——こんなことになるなら、殿下の側にいるんだった。

私を心配してくれる人たちへの申し訳なさで涙が浮かぶ。

男に両腕をグイッと引っ張られた。

「きゃっ！」

「ほら行くぞ！　歩け！」

「だ、誰か、助けて！」

思わず叫ぶと、耳元でぴゅっと音がして首元にひんやりとしたものを感じた。

「黙れ！　静かにしねぇとこの場で殺すぞ！」

「っ……！」

ひんやりとしたものの正体はナイフだった。恐怖で声が出なくなる。

その時だった。

「何をやってる！」

聞き覚えのある誰かの声が割って入る。同時に光るものが私と男の間を通り過ぎた。

「うおっ！」

「キャッ！」

衝撃で男の手が首元から離れて、私は足をもつれさせて尻餅をつく。

カラン。どさっ。

「ああああああああ！」

ナイフが落ちる音と、何か重量があるものが落ちる音がして、直後に野太い悲鳴が上がった。

「えっ……？」

顔を上げると、すぐ目の前に見慣れた少年が剣を持って立っていた。

信じられなくて、思わず手を伸ばす。

「エド様……？」

「フィー、大丈夫か？」

振り返った少年――エドガー殿下がさっと駆け寄ってきて、服が汚れるのも厭《いと》わずに私の傍《かたわ》らに片膝をついた。心配そうな表情で覗き込まれて、思わずじわっと涙が浮かぶ。

声が出なくてこくこくと頷くと、ガバッと抱き着かれた。

「良かった……！」

その声音には心の底からの安堵が感じられて、こらえていた涙が決壊したのを感じた。

「うぅっ……迷惑、かけて、申し訳ございません……」

「いいんだ。君が無事ならそれでいい」

泣きそうな声。いつも毅然《きぜん》と振る舞っている彼が見せる弱った様子に余計に罪悪感を感じる。

ごめんなさい。勝手にはぐれて、誘拐《ゆうかい》されそうになって、助けてもらって。

そんな思いが伝わったのか、エド様がぎゅっと抱きしめてくる。

狭い路地《ろじ》。私はエド様の腕の中で泣きじゃくったのだった。

＊＊＊

「落ち着いたか？」

「はい」

「じゃあ、すぐにここから離れよう。私といる以上大丈夫だとは思うが、ここが危険なことに変わりはないからな」

しばらくして。

私は泣き止むとエド様に支えられて立ち上がった。地面に広がる血だまりが目に入って、自然と体が震えてくる。

「あの、私を襲おうとした男は……？」

「見るな」

思わず男が倒れている方を振り返ろうとすると、殿下に肩を押されて前を向かされる。

見上げるとエド様がじっとこちらを見ていた。

「死んではいない、失神しているだけだ。ここは大通りにも近いからすぐに治安隊が来るさ。まあ、だから私たちもすぐにこの場を離れないと面倒くさいことになるんだけど……」

「良かった……」

後半の言葉なんて聞こえていなかった。ただ、男が助かったことに安堵する。

私を傷つけようとした人に変わりはないけど、それでも死んでしまうのは悲しい気がしたのだ。

「フィーは優しいな」

「い、いえ、別にそういうわけでは……ただ、私のせいで誰かが死ぬなど、嫌だっただけです」

結局自己満足にすぎない。

男が聖女誘拐の罪でこれから受けるであろう処罰を考えれば、もしかしたらここで死んだ方が男のためなのかもしれないのだから。

「生きていれば人生なんとでもなるものだ。自分を傷つけようとした相手までも許せるフィーは優しいよ」

「ありがとうございます……」

エド様の優しい言葉にうるっとくる。

視界が揺れて、私の意志とは関係なくエド様の腕に寄りかかるような体勢になる。

腕からエド様の優しさが伝わってきて、私はしばらくの間目を瞑《つむ》って、彼に身も心も寄りかかった後、路地を後にしたのだった。

＊＊＊

「あっ、戻ってきたみたいだ」

「本当ですね」

路地を後にしてすぐ、エド様に手を握られて導かれるまま歩いていると、気が付けば一緒に歩いた大通りに出てきていた。ほっとして肩の力が抜ける。

その時だった。誰かがダッと走ってきて抱き着いてきた。

「フィー！　大丈夫⁉」

「ティ、ティア⁉　な、なんでここに……というか、大丈夫だから落ち着いて！」

突然現れたのはティアだった。

そういえば、さっき男に連れ去られそうになった時にエド様と並んで歩くティアを見かけた。なんで二人が？　と思ったから覚えている。なんで、二人でいたのだろうか？

――まさか、今日は元から三人で過ごす予定だったのかしら……？

嫌な考えが頭をよぎる。だが、その考えはティアの泣きそうな声に遮られた。

「……ほんとに？　怪我《けが》してない？」

肩の上にある彼女の顔を覗くようにして振り返る。

「大丈夫よ、エド様が助けてくれたから」

何があったかを説明し終わった時、ティアは安堵の表情を浮かべていた。

「よかった……」

心底ほっとしたような声音。だが、その一瞬、ティアの表情が抜け落ち無表情になった……ように感じた。

「っ……！」

ぞくっと寒気がした。普段にこにこ笑っているティアの初めて見る表情にわけもなく怖くなる。

「ティア……？」

「うん？　どうしたの？」

恐る恐る声をかけると、いつもと変わらぬ優しい笑みを向けられてほっとする。

きっと見間違えだろう。あんな表情、ティアには似つかわしくない。

私は無理やり笑みを浮かべると、首を振った。

「ううん、なんでもない」

「大丈夫？　やっぱりなんかあったんじゃ……」

ずっと気になっていた。それよりも、なぜここにいるの？」

「大丈夫だって。それよりも、なぜここにいるの？」

ずっと気になっていた。今日ここに来ることは誰にも……ティアにも話していなかった。それなのに、なぜ？　エド様が話したのだろうか？

首を傾げると、ティアが疲れたように笑った。

「私も偶然街に来ていて、殿下にお会いしたの。それであなたが行方不明《ゆくえふめい》になっていると聞いて……」

「一緒に探してもらったのだ」

「そうだったんですね」

ティアの言葉を引き継ぐようにエド様が頷いた。

そういえばエド様をほったらかしにしたままだった……というか、なぜまだ手を摑んだままなのだろう？　離すタイミングはいつでもあったと思うのだが……

だが、エド様は私の手を握ったままティアを見た。

「ベスティア嬢。すまない、探すのを手伝ってもらって」

「いいえ、殿下のお役に立てたようで何よりです」

ただのワンピースでありながらドレスと変わりないくらい優雅にお辞儀をするティアとそんなティアをまっすぐに見つめるエド様。

やっぱりその姿はお似合いで。

でも手を握ってもらっているだけで以前のような黒い気持ちは湧き上がってこなかった。

「それより、殿下」

「なんだ？」

「フィーを早く連れて帰った方が良さそうです。そろそろ人の目が気になってきました」

ハッとして周りを見る。確かに私たちに注目が集まっていた。

「ねえ、あれって聖女様じゃない？」

「でもこんなところに……」

「青い瞳だったぞ！　聖女様に違いない！」

「それに側にいる方々も綺麗……」

「ありゃ貴族だな。今代の聖女は貴族だって話だし。お忍びで街に来てるんだろ」

人垣は徐々に厚みを増しながら近づいてきているようだった。早く出ないと身動きが取れなくなりそうで、思わずエド様と顔を見合わせる。

「そういえば、フィー、ウィッグはどうしたんだ？」

「さっきの路地で男に髪を引っ張られた際に取れてしまったのです」

「そういうことだったか。銀髪のフィーを見慣れているせいでウィッグの存在を忘れていた」

エド様が顔をしかめる。

迷惑をかけてしまっていることに申し訳なさが募るばかり。

せっかくエド様が誘ってくれたデートだったのに、私は何をやっているのだろうか。嫌われたかったけれど、こんなことを望んでいたわけではなかったのに。

唇を噛んだ時だった。

「殿下。ここはひとまずフィーを連れてお帰りください。この場の収拾は私の方でつけましょう」

ティアの突然の申し出に目を見開く。殿下も驚いたようにティアを見つめた。

「……いいのか？　そなたもお忍びだったはずだが」

「構いません。今この中で身分を明かしても民が混乱しないのは私でしょう。それに、私はすぐそばに護衛が控えております。これくらいの収拾など簡単ですわ」

にっこりと笑うティアは自信に満ちていて、眩しいほど。

彼女は宰相の娘だ。私の前ではいつも普通の女の子と何ら変わりないが、博識《はくしき》で権力の扱い方をよくわかっている。社交界の華《はな》で、社交性の高さは折り紙付き。

「ではここは頼んだ。今度お礼はしよう」

「お気になさらず。殿下と聖女様をお助けできるなど、貴族に生まれた者として最大の誉《ほまれ》ですから」

「そうか。そなたはフェーヴァー侯爵に骨の髄《ずい》までそっくりだな」

エド様が苦笑する。ティアが笑みを深めた。

「ふふっ、女はしたたかでないといけませんからね」

その言葉にエド様は無言で笑みを浮かべるとすっと私を引っ張った。

「フィー、馬車まで走るぞ」

「はい……ってえっ⁉」

「ふふっ、お二人は本当に仲いいですね」

唐突に抱き上げられる。いわゆるお姫様抱っこだ。私が混乱して口をパクパクさせているうちにティアと殿下の間で勝手に話が進んでいく。

「それじゃあ、令嬢、後は頼んだ」

「はい。お気をつけてお帰りくださいませ」

「あ、えっ、ちょっ、殿下⁉」

お辞儀するティアを尻目に、私を抱えたまま走り出すエド様。

「馬車までだから我慢してくれ」

「っ……！」

耳元で囁《ささや》かれて、心臓が跳ねる。まさかの状況に黙り込むことしかできない。

ただ、運の良いことにエド様が私を抱いて唐突に走り出したことで、人垣がどよめいて割れた。

エド様はその間を風のように走っていく。

後ろで良く通るティアの声が聞こえた。

「皆さん、今日はそちらのお店で無料で食事が振る舞われるそうですよ！　なくな

ってしまうと店仕舞いしてしまうそうなので急いだ方が良いのでは？」

「本当か⁉」

「あそこのお店ってお貴族様たちが良く使う場所でしょ？　是非《ぜひ》食べてみたいわ！」

「無くなったら店仕舞いなら早く行かないとな」

「早く行こう！」

人垣がティアの言葉につられるようにしてぞろぞろと移動していく。ちらっとティアの方を見れば、護衛らしき騎士たちに何か指示を出しているようだった。

おそらく、ティアのお父様が所有しているお店にあの人垣を扇動《せんどう》したのだろう。

フェーヴァー侯爵は宰相という地位を利用してかなりの事業を成功させていると聞くから、街に店を所有していても何らおかしくはない。

ティアのおかげで、私とエド様は大通りをスムーズに走り抜けることができた。

「まさかこんなにすんなり通れるとは。ベスティア嬢には借りができてしまったな」

「そうですね」

お礼はいらない、というのは今回のお忍びでこのような騒ぎが起きてしまったことは黙っていてくれるということだ。だが、代わりに大手を振ってお礼ができないせいで借りという形になってしまう。

エド様が顔をしかめている。

「まさか、フェーヴァー家に借りを作ってしまうとはな……」

エド様からしたら警戒対象に借りを作ってしまったわけだ。これが弱みにならないといいのだけど……

身勝手な私の行動でエド様の立場を悪くしてしまったことに気付く。

「ご迷惑をおかけして申し訳ございません……」

口から零れ落ちたのは謝罪の言葉だった。エド様が大丈夫、というように笑う。

「ん？　気にしなくていいよ。そもそもお忍びデートに誘ったのは私だしね」

「でも」

「でもじゃない。楽しそうな君の姿も見れたし、私は楽しかったよ君は違った？」

「それは……」

じっと見つめられて思わず顔を逸らす。

はぐれるまでの間、すごく楽しかった。はぐれたくない、ずっと一緒にいたい、そう思ってしまうくらいに。

彼がはしゃいでいる姿を隣で見れることも嬉しかったし。

私の態度からそう思っているのが伝わってしまったのだろう、エド様がくしゃっと相好《そうごう》を崩す。

「また一緒に来よう。今度は一日中楽しもうね」

「っ……！」

ああ、もう、本当にずるい。

傷つきたくなくて、婚約破棄したくて、だから嫌われようとしていたのに。こんな笑顔を見せられたらこれ以上強情《ごうじょう》な態度なんて取れない。

頷いたらいけないのに。叶わない未来を約束するわけにはいかないのに。

だが、抗《あらが》えない誘惑に魅了されてしまったのか。私は頷いてしまう。

殿下が満足気に微笑んだ。

「ありがとう。でも、この後は覚悟しておいてね」

「え……？」

この後ってなんだろう？　覚悟って？

帰るだけじゃ……。

疑問で頭が埋め尽くされる。だからか、楽しそうに私を見つめる殿下の目の奥に浮かぶ狂気を見逃してしまった。

「ところでエド様……そろそろ下ろしていただけると……」

丁度、朝に馬車から降りた場所が見えたところだった。

このまま待っているであろう護衛騎士のところに行くのは恥ずかしすぎる。さすがに下ろしてほしい。だが。

「ダメ」

清々しいまでの笑みを浮かべて断られる。

このまま馬車まで行くの⁉　護衛騎士も待っている場所に⁉

なんの拷問《ごうもん》なのだろうか。こんなの恥ずかしすぎる……！

かぁっと頬が熱くなって両手で顔を覆うと、上からふっと笑う声が聞こえてきた。

「恥ずかしがっているフィーも可愛いね」

「エド様って意地悪だったんですね……」

「知らなかった？　私は元から意地悪だよ」

ああ、そうでございますか。胸を張って堂々と言うことではないと思うのだけど
……

だが、いつもの王子様然とした笑いではなく、心の底から楽しそうに笑うエド様に私はそれ以上の反論はできなかった。

「ッ⁉ お、お帰りなさいませ、お坊ちゃま、お嬢様」

そして思った通り、馬車の側で待っていた騎士たちは抱えられている私を見て目を点にしていた。

殿下が朗らかに言う。

「ああ、ただいま。ちょっと色々まずいことになったからすぐに馬車を出してくれ」

「はっ！　かしこまりました！」

明らかに聞きたくて仕方がない、という感じでこちらをチラチラ見てくるものの、直接何かを聞いてくる者はいない。

生暖かい雰囲気に余計に羞恥《しゅうち》が募る。

「この程度でそんなに緊張していたらこれから大変だよ？」

「今後もこういうことをするつもりなんですか⁉」

抱きかかえられたまま馬車に乗った後、ようやく放してもらえたことにほっと息を吐いた瞬間、耳を疑うような言葉が聞こえてきて目を見開く。

殿下が楽しそうに笑う。いや、さっきからずっと笑っている。

「さあ、それはわからないけど。でも、一緒に暮らし始めたらこんなもんじゃすまないと思うけどな」

「心臓が持たないのでほどほどにしてください……」

「ふふっ、それは無理かな」

やめる気ゼロの様子にため息しか出ない。

そんな話をしていると、馬車が公爵城を通り過ぎたことに気が付く。送ってくれるとばかり思っていたが、そういうわけでもなかったらしい。

「どこかに行くのですか？」

「うん？　王城だけど」

当たり前のように言われて首を傾げるが、きっとまだ何か他のことがあるのだろう、とその時は深く考えなかった。

遠ざかっていく公爵城。そして、先程の『覚悟しておいてね』という発言。

なぜ、ここまで揃っていて気づけなかったのか。

後で、私はこの時に訳を問いただささなかったことを深く後悔することになるのだった。

＊＊＊

「ふぅ、あんな世間知らずな女のどこがいいのかしら？」

集まった人々がお店に流れ、付き従っていた騎士たちがベスティアの指示に従うためにその場を外した後。

ベスティアはティアと殿下が消え去った方を見て呟いた。

その表情はいつもの優しげな表情とは違い、目は鋭く険しい。

「はぁ、イラつく。王太子妃にふさわしいのは私なのに……！」

「お嬢様」

「レナルド？」

いつ現れたのだろうか。気が付けばベスティアのすぐそばにいつぞやの執事が控えていた。

だが、ベスティアに驚いた様子はない。むしろ当たり前かのように表情が変わらない。

「そろそろ邸にお戻りになられた方が良いかと。侯爵様がお戻りになられます」

「ああ、そうね。そういえば、情報ありがとう。役に立ったわ」

「それはようございました」

レナルドがうっすらとほほ笑む。

エドガーとフィーメルが出かけることをベスティアに教えたのはレナルドだった。

ベスティアはレナルドを一瞥《いちべつ》する。

（一体何者なのかしらね。お父様が私につけてくれた者なのだから味方なのだろうけど、なぜ二人が出かけることを知っていたのかしら）

エドガーとフィーメルの周りには忠誠心の強いものが多く集まっている。それは王太子、聖女という地位のおかげでもあるだろうし、国王、エレクシス公爵が二人の側に信用している者しかつけなかったからでもある。

だから、今回のデートは極秘だった。お忍びという名にふさわしく、彼らの周辺の人物以外で知る者はおらず、護衛も最小限だった。

（それなのに、レナルドは当然のようにこの情報を持ってきた）

一体どこから情報を得てくるのか。

（まあ、どうでもいいわ。重要なのは、私にとって価値があるかどうかなのだから）

レナルドが持ってきた情報はそれだけではない。

フィーメルがエドガーと婚約破棄しようとしていることまで掴んできていた。

彼が何者であろうと、ベスティアにとっては情報を掴んできてくれる良い駒《こま》でしかない。

「レナルド、二人の様子は？」

「無事馬車に辿り着いたようです」

「そう」

(二人のデートを邪魔して殿下と仲を深める予定が崩れたけれど、むしろ良かったかもしれないわね)

二人を助けたことで自分の好感度は上がったはず。

ベスティアはそう考えた。

(でも、これくらいが限界かしら)

明らかにエドガーはベスティアを警戒している。

ベスティアがフェーヴァー侯爵の娘である以上エドガーが警戒するのは当然だったが、ベスティアもそれは承知の上だった。そして、警戒されている以上エドガーのベスティアに対する好感度がこれ以上上がることはないだろう。

ベスティアはしばらく考えたのち、レナルドに目を向けた。

「レナルド、薬の手配は可能かしら？」

「可能でございます」

その答えに、ベスティアが禍々《まがまが》しい笑みを浮かべた。

「そう……そしたら――薬をお願いできるかしら？」

「かしこまりました。後程お部屋にお届けいたします」

得心《とくしん》した様子で一礼するレナルド。ベスティアが空を仰ぐ。

「これで殿下の気持ちは私のもの。王太子妃の座はもらったわ」

明るい日差しの中、ペリドットの瞳が怪《あや》し気《げ》に光った。

第六話　監禁

「あ、あの、エド様は……そろそろ日も暮れますし帰りたいのですが」

「申し訳ございません。殿下からはもう少しお待ちいただくように仰《おお》せつかっております」

私の記憶通りなら、普段はエド様の世話をしている壮年のメイド——確かヘレナという名前だった気がする——が、困り顔ながらも扉の前に立ちはだかり私を外に出さないようガードしている。

ここは、王城の一室。

豪華なベッドが置かれ、その上には色とりどりのたくさんのクッションが並んでいる。

内装の様子から、ここが仕事や来客の相手をする部屋ではなく、休むためのプライベートな部屋であることは一目瞭然《いちもくりょうぜん》だった。

だが、なぜ自分がここにいるかがわからない。いや、エド様に連れられて自分の脚でここに来たのは覚えている。だが、なぜ連れてこられたかがわからないのだ。

馬車に乗って、なぜか公爵城を通り過ぎた。この時点でおかしいが、エド様のことだから何か私を王城に連れて行きたい理由があったのかもしれない。

だが理由があるにしろ、着いた途端に初めて見る部屋に通され、しかもエド様本人はどこかに行ってしまうなど、意味がわからなさすぎると思う。

この部屋自体は茶と白で統一され、柔らかい雰囲気《ふんいき》でとても私好みではあるけども。むしろ、私好みの部屋に通されたこと自体が何か思惑《おもわく》があるように感じて怖い。

そして、この部屋に通されてから数時間。

エド様は姿を現さず、私につけられたメイドたちは私が帰らないように扉の前に立ち続けている。

これはもしかしなくても……

――監禁。

素早く辺りを見回す。

部屋の中にいるメイドは二人。ヘレナではない方、先程からすごくそわそわしている小柄でおさげの少女に声をかける。

「そこのあなた」

「っ……は、はい！」

彼女はびくりと肩を震わせると、おずおずと私に目を向ける。

なぜそんなにびびっているのか。私が怖い……わけではなさそうだ。何か他のことを恐れているように見える。

「あなた、名前は？」

「ミ、ミアと申します」

「そう……私が今どういう状況なのか説明してくれるかしら？」

「聖女様！　それは……！」

「ヘレナ、誰が発言を許可したかしら？」

ミアを庇《かば》うように前に出たヘレナをじろりと睨むと、たじたじになる。あ、良かった、名前は間違えていなかったらしい。

「も、申し訳ございません。ですが……」

「私が求めているのは言い訳じゃなくて、あなたが口をつぐむことよ」

「……はい」

すごすごと元の場所に戻る。その表情は明らかに焦燥《しょうそう》に駆られていた。

自分より身分が下の者を威圧して言うことを聞かせるなんてあまりやりたいこと

ではない。だが、将来国母となるものとして王妃教育も受けてきたため、できないわけではない。そして、この状況から脱するためには必要なことだった。

……街での時のような場合だとやっぱり難しいけれど。

そんなことを思いながらミアを見る。彼女は小刻みに体を震わせながらその場に立ち尽くしていた。

「それで？　なぜ、私はこういう状況になっているのかしら？」

「そ、それは……」

「ああ、処罰は気にしなくて大丈夫よ。私が無理やり聞き出したことにしておくから」

にっこり笑うと目に見えて表情が明るくなる。思った通り、エド様に口止めされていたらしい。

「あ、あの、実は……」

「ミア！」

慌てた表情のヘレナが叫ぶ。どうしても話させたくないらしい。だが、私の前でそんな行いが許されるとでも？

「ヘレナ」

「も、申し訳ございません。ですが、これは王太子殿下が……！」

「ヘレナ。私に何度同じことを言わせるつもり？　それとも私があなたに罰を与えましょうか？」

「殿下のためでしたら甘んじて受け入れる所存《しょぞん》です」

力強い目。それだけエド様のことを大切に思っているということだろう。

確か彼女は殿下の乳母でもあったはず。だからだろう。

だが、どれだけエド様が偉かろうとこんなことが許されるわけがない。

これは立派な犯罪だ。しかも、婚約者を監禁など前代未聞《ぜんだいみもん》すぎる。

「忠誠心が強いのは良いことだけど、この状況がエド様にとって良くないことがなぜわからないの？」

「それはどういう……？」

そもそも、エド様がこのようなことをする理由なんてない。

むしろ、こんなことをしてお父様――エレクシス公爵の怒りを買えば彼の立場が悪くなることは一目瞭然《いちもくりょうぜん》だ。

この婚約だって破棄されるだろう。王命であろうとも、王太子がまだ婚約段階の令嬢を監禁したという事実があれば、国王陛下も婚約破棄を拒否することはできない。そして、殿下の評判には傷がつく。

何も良いことなんてないのである。

そう懇切丁寧《こんせつていねい》に説明したところ、ヘレナが目に見えて慌てだす。

「ま、まさかそんなっ……私はただ殿下が望むことを……」

「確かに、あなたはエド様が命じたことを忠実にやっているだけなのでしょう。だからこれ以上は責めないわ。でもね、あなたが本当にエド様のことを思っているなら私がここから出られるよう協力してちょうだい。せめて、なぜエド様がこんなことをしているのかさえ教えてくれれば、後は自分でどうにかするから」

婚約破棄できる、ということだけ考えれば今の状況はむしろ望ましい状況だ。だが、私はエド様が不幸せになることを望んでいるわけではない。むしろ、幸せになってほしいと思っている。なのに、これではエド様が不幸せになる未来しか見えない。それなら、たとえ私の願いが叶わなくなろうとも、殿下の行動を止めるべきだ。

ヘレナと見つめ合う。そして。

「はい。聖女様の御心のままに」

＊＊＊

「ああ、フィー。待たせたね。今日はここに泊まっていってくれ。こんな夜遅くに出るのは危険だからね」

エド様が部屋に来たのはもう日はとっくに暮れ、窓から月が見えるようになったころだった。

白々《しらじら》しい。今日私をここに泊めるのは最初から決めていたことだったくせに。

メイドたちと話してからしばらくして、私は運ばれてきた夕食を食べ、湯浴《ゆあ》みをした。まるでここが自分の家であるかのように。

不本意だったが、メイドたちの話を聞いてしまったら今日帰れるとは到底思えなかったからである。

『殿下は聖女様を手放されたくなかったようです』

聞いた時はさすがに頭を抱えた。

エド様にとって私の存在など些末《さまつ》なものだと思っていたのに、そうではなかったというのだろうか？

もう訳がわからない。でも、だからこそこの状況の元凶と話す必要があった。

まあ、ここまで待たされるとは思っていなかったが。

「こんな遅くまでレディを待たせるなんて、無礼ではありませんか？」

「すまないね。君とデートに行っている間に仕事が溜まっていたらしくてね」

向かい合ったエド様は紅茶を片手に憎たらしい笑みを浮かべる。デートを言い訳にされてしまえば私に分《ぶ》はない。

私はさっさと本題に入ることにした。

「エド様、なぜこのようなことをされたのですか？　もしこれがお父様の耳に入れば……」

「あれ？　メイドたちに事情を聞いたのかと思っていたけど？」

どうやら私の行動は読まれていたらしい。

でも、それなら口止めなんてしたらだめだと思うんですが……。

「聞いていますが、それでもエド様の口から聞きたいです。それにメイドたちから聞いただけではわからないこともありましたし」

「うーん、君が私から逃げようとするから？　私から逃げられないように閉じ込めておこうと思って」

「清々《すがすが》しいまでの笑顔ですね」

　でも、この答えでは私の疑問は解決しない。

「私が聞きたいのは、なんで私を逃がしたくないか、です」

「……そうか。ここまで私の気持ちが伝わっていなかったと思うと落ち込むな」

　エド様は諦めの表情を浮かべると、目を伏せた。

「どうしても君を手に入れたかったんだ……」

　──愛しているから。

「えっ……？」

　聞こえてきた言葉に目をぱちぱちする。

　どういうこと……？　エド様が私のことを愛している？

「そんなわけっ……！　だって、エド様は……！」

「本当に伝わっていなかったのか。好意は示してきたつもりだったんだけどな」

　エド様は寂しそうな笑みを浮かべると話し始めた。

　こうなった経緯を。

　君と婚約したのは私が二歳の頃だった。

正直、婚約した時のことなんて覚えてない。何なら君は赤ん坊だったはずだ。

でもね、代わりに私が持っている一番古い記憶は君との記憶なんだよ。

まだ小さくて満足にしゃべることもできない君が、私の親指をぎゅっと握ってぱぁっと笑った記憶。

いつのことかなんて覚えていない。

でも、その君の笑顔だけが私の記憶にいつまでもこびりついて離れないんだ。

その時に思ったんだよ。

「君のことを守りたい」

って。

君の笑顔は私にとってかけがえのないもので。それは成長してからも変わらなかった。

いや、むしろ時が経てば経つほど強くなったんだ。

なぜかって？

私は物心つくのと同時に王太子としての教育を受け始めた。

日々勉強をして、剣術の訓練を受け、礼儀作法を学ぶ必要があった。

そして何もかもを完璧にこなすことを求められたんだ。何か少しでも劣《おと》るところがあれば私を貶《おとし》めようとする人間に付け込まれるからと。

そのことに疑問を抱いたことはない。

この地位が特権を持つとともに、責任を伴うものであることはわかっているから。

でも、幼い私にとっては辛いものだった。しかも、王族は成人するまで人との交流を制限されるだろう?

そのせいで、周りには大人ばかりで。父上は忙しかったし、母上は病弱であまり会えなかったから私はかなり孤独だったんだ。

そんな時に、幼い君の存在は救いだった。

君が笑ってる姿を見るだけで癒されたし、腹黒い大人ばかりの環境では純粋な君の存在は私にとって唯一の光だったんだ。

あの時のことは覚えているかい?

君が六歳くらいの時、私が剣術の訓練で負けたことがあったんだ。

怒られたわけではなかったけど、それでも周りの失望の目が忘れられない。

それで落ち込んでいた時に君が寄り添ってくれたんだ。

『エド様、エド様は寂しくないのですか?』

そんなこと聞いてくれたのは君が初めてだった。

今思えば、君もあの頃は王妃教育や聖女としての周囲の期待に苦しんでいたはずなのに私にそんな様子を見せたことはなかった。むしろ、君はいつも笑顔で私を元気づけてくれた。

『絶対に君を守れるくらい大きくなるから、それまで待っててね』

『ふふっ、もちろんですわ！　私には殿下しかいませんもの！』

『僕もだよ。この先もずっと、君だけだ』

君は忘れてるかもしれないけど、この言葉はずっと私を支えてくれたんだ。

君のために頑張れたし、君のために、君を守るために強くなろうと思えた。

だから。

エド様が私の目をじっと見てくる。

「君が唐突に私に冷たくなった時、君が私から離れると思ったら耐え切れなかった」

冷たくなったというのは、私が嫌われようと行動し始めたことだろう。

確かに、離れようとしていたのは合っている。

「ずっと愛している君のそばにいるために、笑顔を見るために、守るために頑張ってきたのに、そんな君がいなくなれば私は生きていけないだろう」

なるほど。だいぶ拗《こじ》らせていらっしゃる。

だが、そう聞いて悪い気はしなかった。いや、むしろ……

「そんなに大切に思ってくださっていたんですね」

「当たり前じゃないか！　私にとって君は、暗闇を照らしてくれる星だったんだから」

そんなに大切に思われていたなんて知らなかった。それ以上に、彼からすれば幼い時に勝手に決められた婚約者など鬱陶《うっとう》しい存在だろうと勝手に決めつけてしまっていた。

成人を迎えて公の場に出ればきっと私のことなんて見向きもしなくなるだろうと、唯一傍《そば》にいることのできる同世代、という肩書が外れればエド様にとっての私の価値なんて国にとっての利益以外は無くなるのだろうと、そんな風に思っていたのだ。

それも、多分夢を見る前からずっと。

でないと、婚約破棄される夢を見たからといって婚約破棄に走るなんてことしなかっただろう。明らかに極端すぎる。

それに、力の欠片にだって言われたではないか。

「未来を自由自在に操ることができるようになる」と。

つまり私は、婚約破棄を目指さないで、エド様が赤毛の女の元に行かないようにもできたはずなのだ。

それなのに、私はそうしなかった。

それは、心のどこかではずっと、エド様が公の場に姿を現せばきっと自分は無用になると思っていて、そんな態度を取られることを恐れていたからだろう。

自分はなんて愚かだったのだろうか。

大切な人の想いに気づかず、勝手な思い込みで迷惑をかけて、あまつさえ傷つけた。自分の最低具合に嫌気がさす。

「そんな悲しそうな顔しないでくれ。私が罪悪感に苛《さいな》まれるから」

「あっ、申し訳ございません……」

「最近の君は謝るばかりだな」

最近は申し訳ないことが多すぎるのだ。私はどれだけの迷惑をかければ気が済むのだろうか。

「私……勘違いしていました。てっきりエド様は私のことを愛していないのだと思っていて。それでエド様に嫌われようとしていました」

「えっ？」

なぜかエド様は驚いた表情を浮かべる。

あら？　気づいていたわけではないのかしら？　でもさっき唐突に冷たくなった時って……

「嫌われて、婚約破棄しようとしていたのですが……」

「ちょ、ちょっと待って！」

慌てた表情で言葉を遮られる。どうしたのだろうか？

予想外の反応に戸惑うことしかできない私に、エド様が確認を取るように聞いてくる。

「さっきのことで君が、私が君を愛していないと思っていたこともわかったし、婚約破棄しようとしていたことには気づいていたけれど、私に嫌われて？　君が私のことを嫌いになったのではなく？」

「え？　ええ、私がエド様のことを嫌う理由なんてないではありませんか」

「いや、だからってわざわざ嫌われにいくなんて誰も思わないよ？　むしろ、私は君が私のことを嫌いになったから婚約破棄しようとしていたのかと思ったのだが」

「ええっ⁉　私がエド様のことを嫌うなんてありえませんっ！」

そんな勘違いをしていたなんて……！

そんなわけない！

エド様はとても素敵な方で、確かに私は婚約破棄しようとしていたけれどそれはあの赤毛の女性が現れるからで、別にエド様のことが嫌いになったとかでは……！

「うん、フィー、言いたいことがあるのはわかるのだけど、キラキラした目で見つめられるだけじゃ何を言いたいかわからないよ？」

「あっ、ごめんなさい」

いけない、エド様の勘違いに驚きすぎて思わずじっと見つめてしまったわ！

「謝るほどのことじゃないよ。ただ、フィーに見つめられるとちょっと……」

よくよく見れば、エド様の耳が少し赤くなっている。

エド様が恥ずかしがっている……⁉

いつも完璧な王子様であるエド様が恥ずかしがるなんて想像したこともなかった。

か、かわいいっ……！

内心で悶絶《もんぜつ》する。だが、その態度を表に出したら私は終わりだ。恥ずか死ぬ。

耐えるんだ自分。

必死に自分に言い聞かせてなんとか平静を保つ。

エド様を見ると、変な表情をしていた。

「エド様？　どうされました？」

「……君が、可愛すぎておかしくなりそうだ」

「え？」

「そっちに行っていいかい？」

「えっ、あ、はい……」

エド様は私の言葉も早々にさっと移動してくると、私の隣にドサッと座った。

こつん。

なんだろう、肩に重みが……これって……!?

「ねぇ、フィー。じゃあ、君は私のことを嫌いになったわけではないんだね？」

「もちろんです！」

即答するものの、肩からエド様の体温が伝わってきて私の体温まで上がっていく。

昼間、あんなに近くにエド様がいたのに、今の方がもっと恥ずかしい。

私の格好がエド様と会うために簡単なドレスを着てるとはいえ、とても薄い物だからだろうか。それとも、エド様から甘い雰囲気が漂ってくるからだろうか？

――どっちもだろう。

エド様がほっと溜息を吐く。

「よかった……君に嫌われていたらどうしようかと思った……」

心の底から漏れたのであろう言葉には様々な感情が込められていた。

そんなに悩ませてしまっていたなんて……後悔ばかりが募る。

「私が殿下のことを嫌うことなんてありませんわ」

「っ……！」

「え、エド様？」

急に体を起こしてどうしたんだろう？　そんなに見つめられると恥ずかしいのだけど……

「はぁぁぁぁぁ……ねぇ、フィー。お願いだから他の男にはそんな可愛いこと言わないでね」

「あ、当たり前ですよ!?　エド様以外には誰にも言いませんわ！」

そもそも、仲の良い男性自体ほとんどいないのだ。言いたいと思っても、言う相手がいない。

「それなら良いのだけど……心配だ……」

そんなに私って心配なのだろうか。いや、一度嫌われようと、離れようとしたせいか。

……自業自得《じごうじとく》だった。

でも、これでお互いの勘違いは直った。つまりもう監禁される理由なんてないはず。

しかし。

「やだ」

「まだ何も言っていませんが」

「このまま帰ろうとしたんだろう？　私は君を手放さないと言ったはずだよ」

エド様がじっと見つめてくる。その目は力強い。

「家に帰るだけですよ」

「でも、実際君は私から離れようとしていただろう？　しかも私のことを大切だと思っておきながら。せめてその理由を聞くまでは君を帰さないよ」

「そういえば、まだそのことを話していませんでしたね」

お茶会の時に、私が何か夢を見てエド様と距離を置こうとしたことには気づいていたようだったが、さすがにどんな夢を見たかまでは思いつかなかったようだ。

エド様が私を愛しているとわかった以上、もう話してもいいだろう。いや、話すべきだ。エド様が私から離れようとしない以上、今の段階で婚約破棄など夢のまた夢。

むしろ、あの未来を回避する方が現実的だろう。

「エド様が気づいていたように私は夢を見たんです。その夢は……エド様が私に婚約破棄を告げる夢でした」

エド様がバッと立ち上がった。

「そんなわけが……！」

「いいえ、夢の中でエド様ははっきりと言いました。『今日をもってフィーメル・ド・エレクシス公爵令嬢との婚約を破棄する』と」

「そんな……」

あまりにも信じられない話だったのだろう。

だが、私が夢見の能力を持っていることはエド様も知っている事実。エド様は私と婚約破棄しようとする未来を認めることしかできない。

エド様はどさっと腰を下ろすと、両手で顔を覆《おお》った。

「なぜ……なぜ、私は君にそんなことを言ったのだ？」

「『真実の愛』を見つけたのだと仰っておられました。場所はエド様の成人祝いのパーティーで、隣には赤髪の女性が。その方がエド様の想い人のようでした」

「赤髪の女性……？」

私の言葉を聞いた途端、エド様の表情が険《けわ》しくなる。

「誰か、思い当たる方が？」

「いや……私の周りにいる赤髪の女性はベスティア嬢だけなのだ」

ゆっくりと吐き出された言葉。それはずっと気になっていたことであり、そして聞きたくなかった言葉だった。

「でも、彼女だったら親友である君がわかるはずか」

「いえ、赤髪の女性ということはわかったのですが、顔が見えなかったのです。まだ私が夢見の力を使いこなせていないからかと」

「そうか……つまり、今の時点でベスティア嬢がその私の相手の可能性が高くなったわけか」

「そう、なりますね……」

信じたくない。でも、ティアとエド様、二人の意志であれば私は潔《いさぎよ》く身を引くしかないのだろう。だが。

「私がベスティア嬢を好きになる可能性は万に一つもないはずだ。そもそもフェーヴァー侯爵の娘という時点で警戒しないといけない人物。未来はわからないが、それがたった三か月で変わることはないだろう」

　エド様の言う通りだ。

　エド様の私への思いを聞いた今、エド様とティアがたった三か月のうちに恋人になるなど、今ならおかしいとわかる。

　それに、私の邸や今日街で会った時も、ティアに対して過度な関心を見せることはなかった。殿下の成人式まで残り一か月半。どうやって今後仲が進展していくというのだろう？

「ですが、新しく赤髪の女性と出会うというのも……」

「ああ、現実味がない」

　公の場に姿を現さないエド様がティアと出会ったことだって確率としては相当低かったのに、三か月のうちに二人もの赤毛の女性と知り合う確率などゼロに等しい。

　それに、さっき聞いたエド様の私への思いは真実のように思えた。私が言うことでもないが、あの想いがあと一か月半で消えるというのもまた、現実味のない話である。

「たかが一か月半後の自分の行動の意味がわからないとはな……」

　未来の自分の行動がわからないことによっぽど傷ついたのか、エド様の声音《こわね》は暗い。

「君はまだ私と婚約破棄しようと思っているのか？」

「いいえ、もう思っていませんわ」

「本当か⁉」

エド様の表情がパッと明るくなる。

「ええ、私がエド様と婚約破棄しようとしたのは、エド様が私のことを愛していないと思っていたうえ、夢の通りになるのが嫌だったからですから」

でも、もうエド様の本当の気持ちもわかったし、さっきの話を聞いた以上、むしろ夢の中の状況の方に違和感を感じ始めている。

できることなら、あの夢の通りにならずにエド様と幸せになる方法を探したい。

そう言うと、エド様はがばっと抱き着いてきた。

「嬉しい。本当にありがとう……！」

久しぶりにエド様の屈託のない笑みを見た気がする。ルビーの瞳を優しく細めて笑う様子は元々の整った顔立ちとも相まってキラキラと輝いて見えた。

想いが通じ合ったことが嬉しくて私もぎゅっと抱きしめ返す。

「私の方こそ、嫌いにならないでくれてありがとうございます。大好きです、エド様」

「ああ！　私もだよ。愛してる」

結局その日、私は王城に泊まった。

帰ろうとするとエド様に泣きつかれてしまったためだ。

「あんな顔で『せめて今日だけは王城にいてほしい。不安なんだ』って言われてしまったら断れるわけないわ……さすがに一緒に寝るのはまだ無理だけれど」

一人になった部屋で、ネグリジェに着がえた私は布団にくるまりながら呟く。

話が終わった後、この部屋から出ようとしないエド様を何とか説得して自分の部屋に帰らせるのは本当に大変だった。

でも、さすがに婚前の男女が同じ部屋で一晩過ごせば、それはただの醜聞《しゅうぶん》になってしまう。何とか帰ってもらえた時には心底ほっとした。

「お父様には私から話しておかないと……私の同意があったことにすれば今回のことだって監禁ではなくなるから、婚約しているしそこまで問題にはならないはず……」

わが身を顧《かえり》みずに私のことを想ってくれるのは嬉しい。だが、エド様を心配する私の身にもなってほしいものだ。

「でも……」

もうこれでエド様に嫌われようとしなくてもいいんだ。

そう思うとずっと胸につかえていたしこりが溶けて消えたようだった。

まだ、どうなるかわからない。

それでもきっと、エド様と私が一緒にいられる未来があるはず。どんな手を使ってでも、その未来を摑んでみせる。

「私のためにも。エド様のためにも」

私はそう心に誓って眠りについたのだった。

第七話　媚薬《びやく》

「殿下、昨日はさぞお楽しみだったようで」

「ん？　ああ、そうだな。久しぶりに楽しい時を過ごせたよ」

デートの翌日。

エドガーは朝早くから執務室にいた。夜遅くまでフィーメルと話していたエドガーは寝不足だったがとても上機嫌だ。

（フィーはまだ寝てるよな。昨日は色々ありすぎて疲れていただろうし、あとで甘い物でも持っていこう）

そんな主君を見てマティスが苛立ちを露《あら》わにする。

「殿下、軽率な行いはほどほどにしてください。護衛をはずしてのお忍びデートのみならず、婚前の令嬢を監禁だなんて。あなたは何を考えているんですか！」

「まあまあ、そう怒るな。私だって時には息抜きが必要なんだ。それにフィーも納得の上だから監禁ではない」

「しっかり対処されたようで良かったです。ですが、最近はずっとエレクシス公爵令嬢に付き纏ってばかりで、会議中も上の空。このままでは大臣たちから不満が出かねません。自重してください」

「わかったわかった。そんなにカリカリしていると禿《は》げるぞ」

「誰のせいだと……！」

マティスが怒りでプルプルと震えているが、エドガーは気にした様子もない。エドガーにとってフィーメルが一番なのは今も昔も、そしてこの先も変わらないことなのである。

「で？　お前のことだからただ小言を言いに来ただけじゃないだろう？　それとも小言を言う暇があるくらい暇なのか？」

ニヤッと笑うエドガーにマティスは諦めのため息を吐くしかない。

（なんでこんな主君に……）

「殿下のせいで目が回るほど忙しいのですから、用事がないと来ませんよ。フェーヴァー侯爵令嬢がお話があると謁見《えっけん》を求められていらっしゃいますが、いかがなさいますか？」

マティスの言葉にエドガーはぴたりと動きを止めた。

「ベスティア嬢が？」

「はい。以前エレクシス公爵令嬢の邸でお会いしたとお聞きしましたので、ひとまずお待ちいただいていますが、いかがなさいますか？」

（もし、フィーの夢に出てきた赤毛の女性というのがベスティア嬢であるならば、もしかしたらベスティア嬢がなんらかのカギを握っているかもしれないな）

エドガーからすれば、ベスティアと恋仲になるなどあり得ないこと。それなのに夢見の中で恋仲になっているということはベスティア嬢側に何らかの理由があるのかもしれないと考えるのは当たり前のことだった。

しばらく考えたのち、エドガーはペンを置くと一つ頷いた。

「会おう。通してくれ」

「かしこまりました」

マティスはエドガーの言葉に頷くと執務室から出て行く。

しばらくすると、ベスティアを伴って戻ってきた。

緑色のドレスを身にまとったベスティアは、エドガーの執務室に入ると艶《つや》やかに微笑んでカーテシーをした。

「殿下、お目にかかれて光栄です。昨日ぶりですね」

「ああ、そうだな。昨日は大義だった」

「いえ、殿下のお役に立てたのであれば光栄ですわ」

うふふ、と微笑むベスティアは大変美しい。普通の人であれば男であろうと女であろうと頬を赤らめずにはいられないだろう。

だが、エドガーの表情は変わらない。

「で？　今日は何の用だ」

「大した用ではありません。ただ、珍しい茶葉が手に入りましたので、ぜひ殿下と一緒に楽しめればと思いまして」

ペリドットの瞳が怪し気に光った。

＊＊＊

「これは……夢？」

私――フィーメルは夢を見ていた。夢だとはっきりわかるのは夢見の力の特徴でもある。

ここしばらく見ていなかったのに……今度は何を見せてくれるのだろうか。

なぜかはわからないが、夢の中の光景はいつもよりはっきりとしている。場所は、エド様の執務室のようだった。

『殿下、お目にかかれて光栄です。昨日ぶりですね』

『ああ、そうだな。昨日は大義だった』

『いえ、殿下のお役に立てたのであれば光栄ですわ』

和《なご》やかな雰囲気の中で話しているのはエド様とティアの二人。

なぜこの二人が一緒にいるのか。

疑問に思うが、ひとまず目の前の光景に集中する。

ティアは緑色のドレスを身にまとっていて、いつものことながらその美しさを存分に発揮していた。こんな美しい女性が目の前にいたらどんな男でも靡《なび》いてしまう気がするが、エド様の表情は変わらない。

そのことに少し安心する。

『で？　今日は何の用だ』

『大した用ではありません。ただ、珍しい茶葉が手に入りましたので、ぜひ殿下と一緒に楽しめればと思いまして』

ティアは侍女から銀色の入れ物を受け取ると蓋を開けてみせる。エド様の表情に驚きが混じった。

『ほぉ、良い匂いだな。ほんのり甘い匂いまで混じっている……』

『でしょう？　西の国でしか育たない特別な茶葉らしく、この国ではなかなかお目にかかれないそうです』

『そうなのか。よくそんなものが手に入ったな』

『お父様が商人から仕入れたのですわ』

エド様の感心したような表情に、ティアは満足気に頷く。

『私が淹れさせていただいてもよろしいでしょうか？』

『ああ、頼んだ』

エド様の言葉に、ティアはメイドから茶器を受け取ると手早くお茶の準備をしていく。

何も変なことはない。だが、この違和感はなんだろう？

そもそも、なぜティアは殿下とお茶を飲もうと考えたのだろうか？　夢を見る限りまだ二人は恋仲ではない。つまり、本来であればティアにとってエド様は会えない相手のはずなのだ。

だが、ティアはエド様に会えると確信していたかのようにお茶を用意してきていた。

　しかも、私の思い違いでなければ、あの茶葉はお茶一杯に家を一棟買うことができるほどの値がつけられると有名なお茶のはず。エド様以外に贈るのであればあまりに高価すぎる物だし、そこからもティアが殿下に会えると確信していたことがわかる。

　なんだろう、この違和感。明らかに何かがおかしい――

　そんなことを考えているうちにもティアはお茶の準備をほとんど終わらせていた。そっと茶器を押さえながら茶を注ぐ様《さま》はとても優雅だ。

『茶葉の時以上に香りがするな』

『はい。この茶葉はお湯をかけるとより濃い香りを放つことでも有名なのです』

　喋《しゃべ》りながらも手を止めないティア。

　茶器を置いたその時、ティアの手に光る何かが見えた。

　あれは――小瓶？

　ガラスの小瓶のようなものがティアの右手に握られていた。私の位置からははっきりと見えるが、エド様の位置からでは全く見えないように計算されているようで殿下が小瓶の存在に気付く様子はない。小瓶の中には並々と金色の液体が入っている。

その時、ノックの音が響く。入ってきたのはエド様の補佐官であるマティス・ウォン・リーガン伯爵令息《れいそく》だった。

『殿下、お話し中申し訳ございません。エレクシス公爵がどうしても殿下に会いたいと来られていますが、いかがなさいますか？　来客中とお伝えしても「待つ」の一点張りでして、昨日の件もあるので無理に帰すこともできず……』

なぜここでお父様が現れるのだろう？

公爵としても大臣としてもしょっちゅう王城に顔を出しているのは知っているが、リーガン伯爵令息の言葉を聞く限り約束があったわけではないようだ。

しかも、ティアとの話でも思ったが、なぜティアもお父様も「昨日」の話題が出るのだろうか？

私と違いエド様は何のことかわかったらしい。明らかに顔色を悪くする。

『そうか……フィーメルは？』

『まだです』

「私の何がまだなの？　そこまで話してほしいのに……！」

夢であるために気になっても聞くことができなくて歯がゆい。エド様が深いため息を吐く。

『そうだよな……まさかこんな早くに来るとは。ベスティア嬢、すまないがちょっとだけ待ってくれるか？　すぐ戻ってくるから』

『もちろんですわ、殿下。このお茶は少し時間が経ってからでも美味しいですから、ゆっくりお待ちしていますね』

『すまない。感謝する』

そのままエド様は執務室から出ていく。

エド様が出ていくと、ティアはふぅっと息を吐いた。

『まさか、こんなちょうどいいタイミングで殿下が席を外されるなんてね……』

こんなちょうどいいタイミング？

ティアの言葉に首を傾げる。いくら少し冷めても美味しいお茶と言っても、もうすでに淹れてしまった後。このタイミングで席を外すなど、ちょうどいいわけがないのだが……

わざわざ高価なお茶を持ってきてまでエド様とお茶をしたがったこと。

エド様から見えないように持つ小瓶の存在。

そして、婚約破棄される夢で見た殿下の狂気の瞳。

一つ一つの要素が繋がっていく。

この状況で考えられることなんて一つしかない。

ごくりと唾を飲む。そして思った通り、ティアは小瓶の蓋を開けると一つのティーカップに金色の液体を注いだ。

『まさか、こんなに簡単に入れられるなんて、閣下には感謝しないと。まあ、閣下は自分のせいで娘が殿下に婚約破棄を突き付けられることになるなんて思ってもみないでしょうけど――』

不気味な笑い声をたてながらティアはティースプーンで液体を入れたカップをかき混ぜる。

『うふふ、これで殿下は私のものね。媚薬を飲んだ後の殿下の反応が楽しみだわ……これであの憎たらしい女の鼻っ柱も折れるでしょうし』

今にも鼻歌を歌い出さんばかりに上機嫌なティアを呆然と見つめる。

まさか、そんな、ティアが、本当に殿下の『真実の愛』の相手だったなんて――！

しかもそれが、殿下の本当の気持ちではないことは明らかだ。

ティアが、エド様に媚薬を盛《も》り、自分のものにしたに違いない。信じたくないが

「あの憎たらしい女」というのは私のことだろう。

そんな風に思われていたということにショックを受ける。

ティアはそのままお茶菓子を添えてそのカップを殿下の方に置いた。

丁度その時、エド様が部屋に戻ってきた。ティアがさっと小瓶をドレスのポケットに隠す。

このタイミングで戻ってくるなんて……このままじゃエド様があの紅茶を飲んでしまう。お願いだからおかしなことに気付いて……！

だが、私の声がエド様に聞こえることはない。

『すまないな、ベスティア嬢。待たせたか？』

『いえ、大丈夫でございます。ちょうどすべての準備が整ったところです』

『それなら良かった』

さっとティアの向かい側に腰を下ろすと、エド様はティーカップを手に持った。

『ああ、いい香りだ。ありがたく頂こう』

エド様、それは飲んではいけないのです！　お願いですからおやめください！

夢の中であることなんてわかっている。だが、じっとしていることなんてできなくて思わず叫ぶ。

しかし、声が届くわけもなくエド様はティーカップに口を付け――

「だめぇぇぇぇぇぇぇぇぇ！」

大きな悲鳴と共にガバっと体を起こす。気が付けば目の前にはエド様とティアではなく、見慣れぬ天井があった。

はっとしてキョロキョロと周りを見回すと、徐々に記憶が戻ってくる。

「そういえば王城に泊まっていたわね……」

エド様に頼み込まれてこの部屋に泊まったことを思い出す。

自分を落ち着かせるためにふぅっと息を吐くのと同時にノックの音が響いた。入ってきたのはヘレナとミアだった。

「聖女様、おはようございます。ゆっくりお休みになれましたか？」

「え、ええ、おかげさまで」

彼女たちがまだここにいるということは、結局エド様は彼女たちを処罰しなかったということだろう。エド様には二人を処罰しないように伝えていたし、信じていたが、実際に目にするとほっとする。

だが、それ以上に胸にこみ上げる焦燥感に背を押されるようにして、私は口を開いた。

「それより、エド様にお会いしたいのだけど……」

「ただいま来客の対応中でございます」

「来客？」

「フェーヴァー侯爵令嬢がいらっしゃっていると伺っております」

「っ⁉」

思わず布団を跳《の》ね除ける。ヘレナが私の様子に驚いたように目をぱちくりさせるが、それを気にしている場合ではなかった。

「ティアがなぜエド様に会いに来ているの？」

「それは……私たちにはわかりかねます。あと、聖女様にはエレクシス公爵閣下が面会を希望されていますよ」

「お父様が？　なぜ？」

嫌な予感がする。王城にティアとお父様が来る夢を見た直後に同じ状況に遭遇《そうぐう》する、しかも夢とは無関係など、そんなことありえるだろうか。

小首をかしげるヘレナとは異なり、ミアがおずおずと言う。

「あの、聖女様が昨夜ここに泊まられたからではないでしょうか？」

「あっ……」

確かに私を溺愛しているお父様なら、外泊したと聞いて——しかも婚約破棄しようとしている婚約者の元で——心配して押しかけに来るに決まっている。と、夢で聞いた言葉を思い出す。

『殿下、お目にかかれて光栄です。昨日ぶりですね』

『ああ、そうだな。昨日は大義だった』

『来客中とお伝えしても「待つ」の一点張りでして、昨日の件もあるので無理に帰すこともできず……』

はっとする。これがもし昨日のデートと王城に泊まったことを表しているのだとしたら……⁉

「まさか、あの夢は今起きていること⁉」

「「聖女様⁉」」

パッと立ち上がるとヘレナとミアが驚いて叫ぶ。だが、それに気を留《と》めている余裕はなかった。

早く止めないと取り返しのつかないことになってしまう……！

「ティアとエド様のところに向かうわ！」

「聖女様⁉　せめてお着替えを……！」

「そんな時間はないわ！」

私の剣幕にヘレナとミアが硬直する。

このままではエド様が媚薬入りのお茶を飲んでティアのことを好きになってしまう……！

格好なんて気にしている場合ではないのだ。

「二人はエド様の身に危険が迫っていると言って騎士を呼んでちょうだい」

「は、はいっ！」

「私が責任を持つからできるだけ早くお願い」

「かしこまりました！」

二人に指示を出し、私はぱっと部屋から出た。

昨日連れてこられた時にここが王城のどこかはしっかり把握していたから、殿下の執務室にどう行けばいいかも大体わかる。

はしたないが、今はエド様がお茶を飲むのを阻止《そし》するのが優先だ。ネグリジェの裾をたくし上げるようにして持つと私は爆速で階段を駆け下りて廊下を走った。すれ違う人々が皆ぎょっとした表情でこちらを見てくるが、それを気にしている時間はない。

そのまま走ると、やがてエド様の執務室が目に入った。

お願いだから間に合って……！

勢いよくドアノブに手をかける。そして。

「エド様！　そのお茶飲んじゃだめですっ！」

「フィー⁉」

ガチャン！

叫びながら中に入ると、ティアとエド様が同時に私を見た。エド様に至っては驚きすぎたのか勢いよく立ち上がり、そのせいかティーカップを落とした。

高価な絨毯《じゅうたん》に広がる染み。執務室に広がる沈黙。聞こえるのは走ったことで乱れた私の呼吸だけ。

どうなのだろう。エド様はもう飲んでしまったのだろうか？

ティーカップが割れて中身が全て零れたせいで、エド様が飲んだかどうか判別するのは難しい。

私はバッとエド様に近づくと、ずいっと顔を近づけた。

「っ⁉」

かーっと赤く染まる顔。そのまま頬に手を添えて、じっと見つめる。

「エド様」

「っ……！　な、なんだい？」

「私が誰かわかりますか？」

私の質問にエド様が目を点にする。

「フィー、フィーメル・ド・エレクシス公爵令嬢、だろう？　私の婚約者の……」

「そうです。なんか変な感じはしませんか？　私のことが好きじゃないとか、一緒にいたくないとか、顔も見たくないとか……」

喋っているうちにエド様の表情がどんどん険しくなっていく。そして。

「フィー、何の冗談だ？　昨日説明しただろう？　私にとって君がどれだけ大切か。まだ信じていないのか？　それとも誰かに何か言われたのか？　来客中に割って入ってくるくらい？　それならそれは誰なんだ？　私が……」

エド様の反応を見て明らかにやりすぎたことに気付く。パッと手を離すと、一歩後ずさった。

「ち、違います！　わかりましたから！　もう大丈夫です！」

「うん？　そうか？　別に望むなら一晩中でも君への愛を……」

「望まないので大丈夫です！」

「そうか……」

食い気味に否定すると、エド様がしゅんと肩を落とす。明らかに落ち込んだ雰囲気に悪いことをした気分だ。

だが、これでエド様が媚薬を飲んでいないことははっきりした。もし飲んでいればこんな反応にはならないはずだから。

安堵するのもつかの間、今度はすさまじい音と共に扉が蹴破られて思わず悲鳴を上げた。

「キャア⁉」

「殿下！　ご無事で……えっ？」

入ってきたのは大量の騎士たちだった。一番前に立つガタイの良い男性はこの国の騎士団長ヘンリー・イデア・キリアンだ。彼が扉を蹴破ったのだろう。

騎士団長とエド様が見つめ合う。そして。

「お前たち……なにやったかわかっているのか？」

「え、いや、自分たちは殿下が危ないと聞いて来ただけで……」

「誰が言った？」

「それは……」

「私です」

たじたじになる騎士団長に代わって告げると、殿下が戸惑いの表情を浮かべる。

「フィーが……？　なぜ？」

「それは……」

一息ついて、ずっと黙り込んでいるティアの方に視線を向ける。

「彼女が、殿下に媚薬入りのお茶を飲ませようとしたからです」

「まさかっ⁉」

エド様が叫んでティアの方を見た。ティアは俯いて黙ったまま。

「私から説明いたします」

ティアが説明する気がないならわたしからするしかない。ティア以外の全員の視線が私の方を向く。若干気圧《けお》されながらも、なんとか言葉を紡いでいく。

「殿下。今日、ティアは突然殿下を訪ねられましたよね？」

「ああ、そうだな」
「殿下は昨日の件も考えてティアを部屋に通した。そうですよね？」
「そうだ。恩人である以上、追い返すわけにいかないと思ってな」
「そして、一緒にお茶をしたいと言われたんじゃありませんか」
「その通りだ」
やっぱり夢の通りであっていたらしい。あの夢を見ていなかったらどうなってい
たかなんて、考えたくもない。
ティアはエド様が昨日の借りを考えて謁見を許可することまできっちり考えてい
たのだろう。だから、夢の中でティアが殿下に会えることに確信を持って行動して
いるように見えたのだ。事実、ティアは確信を持っていたから。
「ですが、ティアがお茶を準備している最中、邪魔が入った。そうですよね？」
「っ……⁉　その通りだ。エレクシス公爵が私に謁見を申し込み、私は公爵に会う
ために席を外した」
エド様が息を呑むとともに、ようやく納得の表情を見せた。ここまで私が事情を
知っていることで私がまた夢を見たことに気付いたのだろう。
騎士たちもざわめき始める。何人かは私が夢見の聖女であることから、今の状況

を察していることが窺えた。

　こくんと頷く。

「私は昨夜、全く同じ夢を見ました。そして、その夢の中では、殿下が席を外した際、ティアが殿下のカップに媚薬を入れました」

「媚薬？」

　ビクッとエド様が反応する。

「はい。私が知っている媚薬は飲んだ直後に見た異性に恋をするものですが、ティアが殿下に盛った媚薬がどのようなものかは正直わかりません。ですから、もし飲んでしまった場合を考えて騎士を呼んでいたのです」

「なるほど、そういうことか」

　エド様の反応に騎士団長が期待の表情を見せる。

「殿下……」

「そなたが助けに来てくれたのはわかった。だが、扉を蹴破る必要はなかっただろう」

　エド様の言葉に騎士団長はしゅんとした。

「……弁解の余地もありません」

「よろしい。そうだな、罪には問わないがこの扉はそなたの私財で弁償するように」

「……かしこまりました」

この扉、いくらするのだろうか？　見るからに高級そうで、見当がつかない。

騎士団長も扉がどれくらいの値になるかわからず怖いのか、大きな体を小刻みに震えさせていた。ちょっとだけ申し訳なくなる。

だが、そんな団長を見てエド様がにっこりと笑った。

「まあ、だが、そなたたちが急いで助けに来てくれたのはわかったから、ボーナスは出そう」

「本当ですか⁉」

落ち込んでいた団長がパッと顔を上げる。他の騎士たちも期待を隠しきれない様子で、エド様は苦笑する。

「ああ、本当だ。私から財務大臣には伝えておこう」

「ありがとうございます！」

「「「わぁぁぁぁぁぁあ！」」」

喜びの声が上がる。鼓膜《こまく》が壊れそうだが、まだ喜ぶのは早い。

「皆さん、まだ話は終わっていませんわ」

「「「えっ？」」」

「まだ、何も物的証拠は出てないのですから、当たり前でしょう」

そう告げると、殿下が頷く。

「確かにそうだな。フィーが夢見の聖女であることはわかっているから証拠としては十分だとも思うが、それでも物的証拠があるのとないのとでは大違いだな」

殿下の言葉に騎士たちが黙り込む。

「だが、わざわざそれを話したということは、物的証拠があるということか？」

「はい、ございます」

「ほう」

エド様が興味深そうな表情になる。

「私が見た夢では、彼女は媚薬を入れたのち、その小瓶をまだドレスのポケットに隠していました。そして、今の今まで媚薬の瓶を隠すタイミングなどなかった。ですので、まだ瓶をどこかに隠し持っているはずです。それを調べてみれば私の言葉が嘘か誠か、また、薬の成分がどうなのかわかるでしょう」

「そうか」

私の言葉に殿下が頷くと、ティアに厳しい視線を向ける。ティアがびくっと体を震わせた。

「ここまで言われてまだ認めないのか？」

「……」

「別に私はそれでもかまわないが、騎士たちに体を探らせるだけだ。それが許せるならそうやって黙ったままでもいいがな」

「っ……！」

ティアが唇を噛んだ、ように見えた。

そして。

「はぁ……せっかくうまくいくと思ったのに、とんだ邪魔が入ったわ」

カラン。

ティアが立ち上がると何かを投げ捨てる。見れば、あのガラスの小瓶だった。

「これが、媚薬が入っていた瓶か」

殿下はそれを拾い上げると、まじまじと見つめる。窓から差し込む光に照らされた小瓶は窓から差し込む光に照らされて、キラキラと光った。

「そうよ。あと一歩であなたは私のものになったはずだったのに」

悔しそうに歯噛みするティアはいつもの彼女とは思えないほどに顔を歪めていた。

「なんで……こんなことしたの？　私たちは親友だったじゃない」

「はっ？　親友？　はんっ。私があんたに近づいたのはあんたが殿下の婚約者だったからよ」

「そんなっ……!?」

目を見開く。

薄々そうかもしれないと思っていたが、いざ言われるとなると心に来るものがある。

ティアが憎々し気に睨んでくる。

「なんであんたばっかりそんなに恵まれているのよ！　公爵令嬢として何不自由なく生まれてきたくせに、聖女？　ふざけんじゃないわよ。挙句《あげく》の果てに王太子殿下の婚約者まで……私がどれだけ悔しい思いをしたか」

明確な敵意を向けられて言葉に詰まる。だが、同じだけの敵意を持つことはできなかった。

ティアの気持ちもなんとなく察せてしまったから。

私が今持っているもの全ては生まれた時から備わっていたものだった。

公爵令嬢として生まれ、聖女として努力をしたわけでもなく特別な力を与えられ、聖女だからとエド様の婚約者に。

何一つとして努力して勝ち取ったものなどない。そして、もし私が聖女じゃなければ、公爵令嬢じゃなければ、今私が受けている恩恵《おんけい》や賞賛のいくつかはティアに向けられるはずだっただろう。もしかしたらティアがエド様の婚約者になった可能性だってある。いや、十中八九そうなっていただろう。ティアほど完璧な淑女はいないのだから。

そうやって考えればティアが私を恨むのは当然と言えた。それが、私にはどうにもできなかったことだとしても、誰もどうすることができなかったことだとしても、だからこそ、私を感情のはけ口にするしかなかったのだろう。

そんなことも考えずにティアを親友だと思っていた私の浅はかさが恨めしい。もしかしたら親友として仲良くしようとすればするほど、ティアが私に対する恨みを膨らませる原因になったのかもしれないとも思う。

何も言えずにいると、ティアが鼻で笑う。

「ほら、すぐ黙り込む。こういう場で言い返すこともできない、聖女の能力以外大した能力もない。それなのに、私の持っていない全てを享受《きょうじゅ》しているのが本当に腹

立たしいのよ！」

「黙れ」

「殿下……？」

ずっと黙って見ていたエド様が私を庇うようにすっと私の前に出た。いつもと違う低い声に思わずビクッとして問いかけるも、エド様は振り返らない。

その背中からはいつになく怒りが感じられた。

「ベスティア嬢、そなたは勘違いしている」

「勘違いですって？」

「フィーがいなければまるで自分が私の婚約者になれたといわんばかりだが、それは違う。そなたのように媚薬を使って人の感情を操作しようとする者に国母を任せることなどできない」

「それはっ……！」

「それにな、フィーがまるで努力していないみたいに言っているが、それは違う。聖女であるがゆえに自由なんてない中、厳しい妃教育に耐えてきた。

それにな、聖女は、能力が何かわかる時に激痛が走り三日三晩死の淵《ふち》を彷徨《さまよ》うんだ。実際それで本当に死ぬ者もいる。それだけの苦痛を感じると知ってもなお、聖女が、フィーが羨《うらや》ましいか？」

「そんな……」

ティアが呆然と目を見開く。いや、私もだった。

エド様が言う通り、聖女は自分の能力が何かを知る際、死んだ方がマシと言うくらいの激痛に苛まれる。痛すぎて寝ることも気絶することも許されない。

今まではそれがなぜかわかっていなかったが、聖女の力が女神の力の欠片であると知ってから、そもそも聖女の力は人間の体では耐えられないほどの力で、その激痛は本来ならあり得ないはずの強大な力を手に入れた代償なのではないか、そう思った。

実際のところはどうか知らないが。

それに、確かに私は妃教育も受けてきた。

あまり社交界に顔を出してこなかったためにティアほど処世術《しょせいじゅつ》が身についているとは言えないが、それでも、エド様と一緒にこの国を引っ張っていけるよう、頑張ってきた。

私が思ってもみなかったところでエド様が庇ってくれたことが嬉しいとともに、それだけ私のことを見てくれていたことに思わず涙が出そうになる。

だが、まだ泣くところじゃない。

私は意思の力で涙をこらえると、殿下の隣に立った。守られてばかりいるわけにはいかない。これは、私の問題だ。

「フィー」

「エド様、大丈夫ですから」

「……わかった」

心配そうに私を見てくるエド様に向かって首を横に振ると、エド様は不承不承《ふしょうぶしょう》ながら私の半歩後ろに下がってくれた。見守るという意思表示だろう。

ティアをじっと見つめる。生気のない顔で目を見開いたまま微動だにしない彼女はまるで人形のよう。

「ねぇ、ティア。私もね、あなたが羨ましかったの」

そう告げると、ティアが唇を震わせる。

「は？　同情ならそのくらいに……」

「ううん。本当よ。ティアのこと、すごく羨ましかった」

まっすぐに目を見つめると、ティアが視線を逸らす。

「……なんで、あんたは全部持ってたじゃない。私にないもの、全部」

「そんなことない。ティアみたいにスタイル良くないし、はっきりもの言えないし、勉強もすごい得意なわけじゃないし。だからね、私からしたらティアの方が何でも持ってると思ってた。ううん、努力してそれらを手にしていることを知っていたからこそ、努力できるティアが輝いて見えて、憧れだった」

「そんな、これくらい……」

ティアがぎゅっと手を握る。少しずつ言葉が響いてきているのだろうか。

「努力できることってすごいことだと思うの。努力で得たものはなかなかなくならないし。だから、ティア。あなたはもっと自分の価値を知るべきだったのよ」

本来私がこんなことを言っていいわけがない。自分の価値を知るべき、なんて上から目線なことを言えるほど、私も自分の価値を知っているわけじゃないから。でも、自分の価値を知らないからこそ人に嫉妬するのだと思うのだ。

人のものを欲しがると思うのだ。

「私は本当に、あなたのことを親友だと思ってたわ」

そう告げると、ティアは涙を一筋、流したのだった。

＊＊＊

あの後、ティアは騎士団に連行され、貴族用の牢屋に入れられた。

命を狙ったわけではなかったため死罪にされることはないだろうが、それでも王太子に手を出したのだ。

反逆の意志あり、として国外追放刑にされるだろうとエド様が言っていた。

フェーヴァー侯爵家も爵位取り上げげになる可能性が濃厚らしい。

侯爵には災難だが、これで国王陛下やエド様としてははからずしも頭痛の種が一つ消えたようだった。

また、私は公爵邸に戻ることができた。

『フィー、結婚するまで王城で暮らさないかい？』

『それは一生王城で暮らすってことじゃないですか。家族がいるので今はまだ駄目です』

そう告げた時の殿下の落ち込み具合はすごかった。

それでも、私は今の生活を変えるつもりはない。私が成人すれば殿下と結婚するだろうが、それまでは今まで通り、私を愛してくれる家族の元ですごすつもりだ。

まあ、お父様の親バカっぷりはもう少し抑えてほしいと思うが。

王城から帰った時の反応は本当に凄まじかった。

『お父様、ただいま帰りました』

『フィー！　大丈夫だったか？　あいつに何もされなかったか？　無事か？』

『だ、大丈夫ですわ！　特に何もされていませんわ』

『なんだと⁉　フィーを一晩泊めたくせに手を出さなかっただなんて、それでもあいつは男か⁉　それともうちのフィーの魅力が足りないとでも⁉　しかも媚薬を使われるなんて。そんなやつにうちの娘を……！』

『お父様？　手を出してほしかったのか出してほしくなかったのかはっきりしていただけませんか？』

『むっ……いや、これは、その……』

飛んできたと思ったら言っていることが頓珍漢《とんちんかん》で、しかも問い詰めるとたじたじに。公爵としての威厳なんてあったものじゃなくて、もう笑ってしまった。

そんなこんなで平和な日常が戻ってきて、数日後。

私はエド様と定例のお茶会を開いていた。

「フィー、ありがとう。君のおかげで好きでもない相手を好きにならずに済んだよ」

「いえ。私が、エド様が媚薬のせいで他の人を好きになるなんて絶対に嫌だっただけなので」

「そう思ってくれることが嬉しいよ」

笑い合う。普段通りだが、今日はいつもと違う。エド様がいるのは向かい側ではなく隣だった。

いつもは四角いテラステーブルなのに、今日は丸いテラステーブルに替わっていてなぜかと思ったら、どうやら隣に来たかったからしい。

いつぞやのようにこてん、と肩に寄りかかってくる。

「エド様って甘えん坊だったんですね」

「フィー限定だけどね」

「ふふっ、他の人に甘えているのを見たら嫉妬しちゃうかもしれませんね」

「むしろ大歓迎だけどね」

あれ以来、エド様の溺愛ぶりには拍車がかかった……気がする。なぜかはわからないが、ことあるごとにくっつきたがるようになった。

殿下がそのままの体勢で呟く。

「まさか、媚薬を使われそうになるなんてね……でも、今回の件がなかったらずっと君に愛していないと誤解されていたかもしれないから、むしろ良かったかもしれないな」

「そ、それは……でも、エド様だって私が愛していないと思っていたじゃないですか」

「それは君が私から逃げようとするからだ」

「……」

論破されてしまった。なんとなく悔しい。

でも、以前よりもずっと距離が近くなった気がして、凄く嬉しかった。

幼い頃から一緒にすごしてきた大切な親友を失った悲しみが大きい。しかも、私を利用するために一緒に過ごしてきたのだと言われればなおさら。

でも、私には殿下が、家族がいた。

傷ついた私に寄り添ってくれる人たちがいた。

だから、きっとこれからも前を向いていける。

「エド様、私のことを愛してくれてありがとうございます」

「ああ。これからもずっとそばにいてくれ」

明るい午後の日差しの中、私たちは決意を新たに、共に生きていくことを誓ったのだった。

幕間

「はぁ、はぁ、はぁ、はぁ、あいつら、どこまで来るつもりよ……！」

国境沿いにそびえたつ険しい山々のうちの一つ、魔の山。

そこは魔物、と呼ばれる、動物が何らかの原因によって限界を超えて強くなった異常種が蔓延《はびこ》る場所だ。

そこで、一人の女がオオカミの魔物に追われて息も絶え絶えに走っていた。

「なんで、私がこんな目に遭《あ》わなきゃいけないのよっ……！」

女はボロボロになった服を纏い、美しかったのであろう真っ赤な髪は四方八方に跳ね、ペリドットの瞳は充血していた。

そう、彼女はベスティア・リル・フェーヴァー侯爵令嬢、いや、ベスティアだった。

爵位を没収され国外追放された彼女は貴族だと証明するミドルネームも、家名もない、ただのベスティアとなったのである。

彼女が追放されたのは国境沿いに位置する魔の山のすぐそば。だが、さすがに魔の山に追放するのは実質死刑と変わらないため、わざと山に入ろうとしなければいずれは隣国の村が見えてくる、そういう場所だった。

それなのになぜ魔の山にいるのかというと。

「あの奴隷商たち……絶対に許さない……！」

そう、村まで歩いている最中に奴隷商に捕まり、途中で息も絶え絶えに逃げだしたらまさかの魔の山だったのである。

ベスティアが奴隷商に捕まりやすいのは当たり前だった。

いくら一時期牢獄暮らしをしていようとその美貌《びぼう》は明らかだったし、カバン一つ分の財産を持って国境付近を一人で歩いている女性など訳アリであると公言しているようなもの。

結果的に、通りがかった奴隷商に捕まってしまうことになったのだった。

だが、こんなことになるならまだ奴隷商に捕まっていた方が良かったと言える。

「まさか、命からがら抜け出した先が魔の山なんて……あの時わざと奴隷商が嫌がりそうな道を選んだのが間違いだったわ！　あっ！」

ザッ！

草に足を取られてベスティアは派手な音を立てて転倒した。

「ガルルルぅ」

「ひぃっ！」

魔物が唸《うな》り声をあげながら迫ってきているが、ベスティアはすでに疲れ果てていて立つこともままならない。悲鳴を上げて、後ずさる。

「ガルゥ！」

「来ないで！」

「グルルルゥ！」

「きゃあ！」

魔物ももうベスティアが動けないことをわかっているからか、ゆっくりゆっくりと一歩一歩ベスティアと距離を縮めていく。

やがて。

トンっ。

「そんなっ⁉」

気が付けばベスティアは岩壁に追いやられていて、もう下がる場所もなくなっていた。

「グルッ！」

魔物がベスティアが逃げ場を失ったことに気付いたのか短く唸る。そして、真っ赤な瞳をベスティアにピタッと定めると、助走をつけるかのように後ろ脚に重心をかけた。

その瞬間、ベスティアは直感した。

——ああ、もう死ぬんだ。

恐怖で悲鳴すら出せない。できることは内心で自分の運命を呪うことだけだった。

(私は王太子妃になりたかっただけなのに。もっと尊重されたかっただけなのに。なんでよ、なんで私がこんな目に遭わなきゃいけないのよっ！)

魔物がベスティアに向かって飛び掛かった。

ベスティアは避けることもできず目をぎゅっとつぶる。

しかし、魔物がベスティアに触れることはなかった。

「ガルゥッ！　ッキャンッ⁉」

ドサッ。

「えっ……？　ひっ⁉」

あり得ない音を聞いてベスティアが目を開けると、ベスティアを食べようとしていた魔物は目の前で矢に射貫かれて絶命していた。

「こ、これは……一体何が……」

「あら、こんなところに人間がいるなんて、珍しいわね」

「だ、誰っ⁉」

木の陰から現れたのは黒いマントをすっぽりとかぶり、フードで顔を隠した人間だった。片手には弓を持っており、ベスティアは魔物を倒したのがその人物であると直感した。

だが、一度助けられたからといって信用するわけにはいかない。それに、そのフードの人物からは何か良くない気配を感じた。

まるで、人間ではないような、そんな雰囲気。魔物の雰囲気にも近いだろうか。

奴隷商に誘拐されて用心深くなっていたベスティアは黙ってじっと見つめた。

するとフードの人間が笑い出す。

「あなた、まるで警戒心の強い小動物みたいね！　気に入ったわ！」

その人物がすっとフードを下ろすと、長い紫の髪を持つ女が現れた。瞳は金色でまるで異国の者のような風貌だが、妙に心惹《ひ》かれる何かがあった。

「ねぇ、あなた。私と一緒に来ない？」

「えっ?」

唐突な申し出にベスティアは唖然とすることしかできない。

紫の髪の女は上機嫌に告げる。

「あなた、復讐《ふくしゅう》したいのでしょう?」

力強い金色の瞳がベスティアのペリドットの瞳を捉える。

その瞬間、ベスティアの中にあったどす黒い感情が残っていた良心さえも呑み込んだ。

(復讐したい、復讐したい、復讐したい……)

濁ったペリドットの瞳を見て、女は満足げに微笑む。そして、ベスティアに向かって手を差し出した。

「復讐、手伝ってあげるわ。だから、この手を取りなさい」

「は、い……」

ベスティアはまるで何かに取り憑《つ》かれたかのようにぎこちない様子で、でも、はっきりと女の金色の目を見つめたまま、その手を取ったのだった。

それが、破滅への道とも知らずに。

第二章　王国滅亡の可能性!?

第一話　お母様が帰ってきた!?

「え？　陛下から王城に呼ばれたのですか？」

「ああ、そうなんだ。しかも、フィーにも来てほしいと言われてな」

私――フィーメルはお父様からの知らせに首を傾げた。

あの騒動から半月が経った。

その間に、ティアは国外追放処分に。フェーヴァー侯爵家は爵位没収となった。

あれ以来、殿下と婚約破棄する未来を見ることはなくなり、私たちは以前以上に仲良くやっている。

そんな中で、邸に訪れた国王陛下の使いからお父様と共に王城に呼び出されたのだった。

「一体どうして……わざわざ使いを送ってきて公式的に私を呼び出すということはそれだけの理由があるということですよね？」

「そうだな。あの方はお前のことも可愛がっているが、こうして正式な手段で呼ばれたということは今回は政治に関わることなのだろう。正直私はお前を連れて行くのは気が進まないが……」

「いえ、呼ばれた以上は行きますわ。エド様の婚約者としても未来のお義父様《とうさま》には良い印象を持っていただきたいですもの」

「お、お義父様っ……⁉」

お父様がショックを受けたのか、ヘナヘナとその場に崩れ落ちる。

「フィーが私以外を父と呼ぶだと？　そんなの、そんなの許せるわけ……！」

その時だった。

「フィーメルちゃん！　ただいま！」

「お母様⁉」

バターンと扉を開けて現れたのは、金髪碧眼《へきがん》の美女——メルティ・ドレ・エレクシスその人だった。

「メ、メルティ。フィーに会えたのが嬉しいのはわかるが、少しは私のことも……」

「あら、貴方もいたのね」

お母様は泣きそうなお父様を一瞥する。お父様はがっくりとうなだれた。

「忘れないでくれ……」

「ごめんなさいね～」

急に場が和んだのは言うまでもなかった。

＊＊＊

「で、お母様、なぜこちらへ？　領地の方が忙しかったのでは？」

お父様の執務室から一転、私たちは大広間で夕食を取りながら話していた。

ずっと国境付近にあるエレクシス公爵領で領地の問題に対処していたお母様と会うのは優に半年ぶり。お父様も嬉しそうだ。

「ちょっとね～、そろそろ落ち着きそうって感じだったのだけど、また新たに問題が発生してしまったのよ。それで、国王陛下に相談するために戻ってきたの」

現国王陛下はお母様の従兄《いとこ》にあたる。だからこんなにも気軽に相談とか言っているのだが、本来であればこんな気軽に相談できる相手ではない。

だが、それよりもお母様の言葉が気になったのか、お父様の雰囲気が一変する。

「新たな問題だと？」

お父様はこう見えてお母様を溺愛している。お母様は結構ぞんざいにお父様を扱うのに、不思議だ。

そして、お父様はお母様のことを溺愛しているからこそ、もし領地の問題に対処している時にお母様が危険にさらされようものなら、お父様はお母様をここに呼び戻すことだろう。

お母様が曖昧《あいまい》に微笑む。

「うーん、それが、ここ最近魔物が急激に増えたみたいなのよね」

「なんだと⁉」

カシャーン！

お父様がフォークを取り落とし、甲高い音が響く。

だが、お父様のその反応も仕方がないものだった。

魔物。

それは、動物が何らかの原因によって限界を超えて強くなった異常種のことだ。

闇のように真っ黒な毛並みに闇夜に光る金色の瞳を持つという。

弱い魔物でも一体に対し騎士数人がかりにならなければ仕留《しと》めることができず、また、魔物がいるだけでその大地は荒廃《こうはい》するため害獣でしかなかった。

食料にすらならないのだ。

そんな魔物が蔓延っている場所がいくつかある。そこはもう魔物が増えすぎて手を付けられなくなってしまったがために、王国が放置せざるを得なくなっている場所だ。

そして、その一つがエレクシス公爵領のすぐそばにある魔の山。

そこは魔物が増えすぎて荒廃した大地が広がり、人が住める環境ではないという。

以前聞いた話でさえもうどうしようもならないほど魔物が増えすぎてしまっていたのに、さらに増えたということは今頃魔の山はどうなっていることだろうか。

「メルティ、まさか領地に戻るとは言わないよな？　さすがに許可できないぞ」

「あら、あなたの許可はいらなくってよ。そもそも私のものだった公爵位を、あなたを婿養子にとって継がせただけなんだから。結婚した時にも話した通り、領地に関する決定権は私に一任されているはずよ」

「だがっ……！」

「結婚契約書を持ってきましょうか？」

「……」

お父様が黙り込む。

そう、お父様は婿養子。元々の爵位はお母様にあり、それをお母様が自分は爵位を継ぎたくないからとお父様に継がせたのである。

お父様はどこぞの子爵家の次男らしい。本来家格が合わないはずのところを、お母様がお父様のことを好きになって権力で押し通したというのだから、本来であればお母様がお父様にベタ惚れのはずなのだが、なぜか今ではお父様の方がお母様にベタ惚れで、しかもお母様の尻に敷かれていた。

「でも、お母様。魔物が増えたのはなぜわかったのですか？」

今まで魔物が魔の山から下りたことはない。なぜかはわからないが魔の山の中で過ごしていたために領地の方は実害なく済んでいたのである。

そして、魔の山は魔物が増えすぎて人間が立ち入ることなんてそうそうできない。

魔物が増えたかどうかなんてわかるはずがないのだ。

だが。

「それが、魔物が山から下りて領地に来てしまったのよね」

「「……」」

カラン。

床に転がるスプーン。お父様、流石に落としすぎです……

っていやいやいやいやいや、そんなことより！

驚きすぎて声が出ないから、内心で叫ぶ。

お母様？　なんか平然と言っていますが、それってだいぶ問題ですよね？　ね？

ずっと山から下りてくることのなかった魔物が下りてきたって、一領地では手に負《お》えない問題じゃないですか⁉

「うん、フィーメルちゃんの心の声、とっても聞こえやすいわね～」

「のほほんとしている場合ですか⁉」

あ、声が戻った。人は驚きすぎるとむしろ冷静になるらしい。

私はふぅっと一息吐くと、お母様を見つめた。

「それで、お母様？　原因はわかっているのですか？」

「それが、全然わからないのよ～。危険を承知で調査団を派遣したりもしたのだけど、魔物に阻まれて山の入り口で断念しちゃって。だから、こうやって首都に戻ってきてまで国王陛下に相談しに来たのよ」

「なるほど……それは困りましたね」

お母様はのんびりしているように見えてかなり優秀だ。それこそ、若い時は社交界の華と言われ、数多《あまた》の男性に求婚されながらもその誘いを「私より頭の悪い人は受け付けない」と言ってばっさばっさ斬《き》っていったほど。結果、お母様より頭の良い人はお父様しかいなかったのだが。

今言いたいのは、そんなお母様でも魔物が増えている原因や山から下りてきた原因を調べられないことだ。

魔物が理由で調べられないとしても、お母様のことだから他の方法も探したはずだ。だが、それらもダメだったのだろう。

だから国王陛下に助けを求めた。

ようやく話がすべてつながる。確かに大問題だ。

そこであっと気づく。

「もしかして、明日私とお父様が王城に呼ばれているのも領地の件に何か関係が……？」

「多分そうだと思うわ」

「なぜ君が公爵夫人なのに、そういう事の運び方をするんだ……」

「う～ん、なんででしょうね？」

うん、お母様がいると場の雰囲気が和むからいいのだが、だからといって色々適当すぎではないだろうか。

まあ、魔物に関しては一領地でどうにかできる話ではないから、お母様は国王陛下にこの話を持っていったのだろう。

そして、国王陛下が大臣たちで話し合う場に私を呼んだ……

何か夢で見てほしいことがあるのだろうか？　しかし、この力はそんなに簡単に未来が見えるわけではない。

何とか見れるといいんだけど……

そんなことを思いながら、夕食後、私は眠りについた。

その日は結局、夢は見なかった。

ただ、疲れが取れただけであった。

第二話　暗雲

「フィーメル嬢、よく来たね」

「国王陛下におかれましてはご機嫌麗《うるわ》しく……」

「よいよい。そんなに固くなる必要はない」

こほんと咳払いする目の前の金髪のおじ様は、アルフォート・ディラ・ジェイ・アフォード国王陛下。エド様のお父上だ。私も幼い頃に何度かお会いしたことがある。

ここは王城の謁見室。陛下の隣にはエド様が、そしてお父様とお母様は他の大臣たちと共に列をなしている。また、扉の脇には媚薬事件の際もいたヘンリー・イデア・キリアン騎士団長もいた。

エド様が笑顔で私を見るので私も笑顔を返す。すると、陛下が大きな声で笑った。

「そなたたちは本当に仲が良いな。聞いてはいたが、この目で見ると嬉しいばかりだ。普段何事にも大して興味を持たないエドガーも、そなたの話となると途端に上機嫌になるしな」

「父上っ……!?」

私がいないところでのことをあまり知られたくなかったのだろうか。エド様が慌てる。

そんなエド様に陛下が笑みを深めると、やがて、エド様は諦めたようにため息を吐いた。

「あまり私をからかわないでください。令嬢にもご迷惑でしょう」

「ははは っ! そうだな。若い者の間に年寄りが首を突っ込んではいけないな」

「そういうわけでは……」

「よいよい、わかっておる」

陛下は慌てているエド様を見て楽しんでいるようだった。

確かに陛下の気持ちもわかる。

公の場に出ないとはいえ、幼い頃から国政という場において貴族の腹黒さを見る機会が多かったエド様は、誰にも付け入る隙を与えないよう常に笑顔という仮面を被ってきた。

そのため、このように慌てている姿は非常に珍しく、殿下を溺愛している陛下からすると喜ばしいことなのだろう。

微笑んで見ていると、私の様子にエド様が気づいてかぁーっと顔を赤くした。

「フィ、フィー？　なんでそんな目で……」

「エド様は溺愛されているのだな、と思いまして」

「そ、それはっ……」

口ごもる殿下は、余裕そうな表情を浮かべている普段や私に必死で想いを伝えてくれる時とは全然違う。

嬉しくて笑みを深めると、陛下がこちらを見た。

「そういえば、まだ先日のお礼を言っていなかったな。我が息子エドガーを救ってくれてありがとう」

頭を下げられて慌てる。

「陛下⁉　お顔を上げてください！　王太子殿下は私にとってもとても大切な方ですから当たり前です」

自分が愛している相手を助けたことにお礼なんか必要ない。ただ、私がエド様を取られたくなかっただけなのだから。

「そなたは……」

陛下がこちらをじっと見てくる。探るような目で居心地が悪い。

永遠にも感じられるような時が過ぎ――やがて、陛下はふっと笑みを浮かべた。

「エドガーはそなたみたいな子と婚約できて幸運だったようだな」

「そう思っていただけて光栄です」

合格点……だったのかな。

陛下の表情から私がお気に召《め》したらしいことがわかりほっとする。

いくら聖女と言えど、陛下からしたら溺愛している息子の嫁。政治に政略結婚はつきものとはいえ、心配だったのだろう。

最近は私がエド様を避けているなんて噂もあったし。

陛下と二人で話をしているとエド様が少し拗ねた表情を浮かべる。

「……父上が言うまでもなくそう思っていますよ」

「ははっ、そうかそうか。それなら良かった」

陛下が上機嫌に笑う。反対にエド様は眉間の皺を深めた。

どうも、気恥ずかしいようだ。

「父上、私たちの話はいいのでそろそろ本題に入りましょう」

「ああ、そうだな。令嬢、また今度王城においで。幼い時のように一緒に話そうではないか」

「はい、そうさせていただきます」

おそらく、わざわざこんな場所に呼んで私を褒め称えたのは聖女が王太子の婚約者であり、仲睦《むつ》まじいという様子をアピールするためだったのだろう。

ということは、私の役目はこれで終わりか。でも、退出の許しが出るまではここから出るわけにはいかない。

このまま会議に参加することになりそうだ。

そんなことを考えていると、陛下の顔つきが真剣そのものになる。

「さて、では本題に入ろうか」

その一言でその場の空気がピリッと引き閉まった。

急な国王陛下からの招集。それは明らかな有事《ゆうじ》を示す。事情を知らないのであろう大臣たちは落ち着かない様子を、事情を知っている様子の大臣たちは深刻な表情を浮かべた。

「今日そなたらを呼んだのは魔の山から魔物が下りてきたという情報を得たからだ」

『っ!?』

場がざわめく。魔物の生態については以前からよく議論されているために多少知識のある者であれば誰もが知っていること。告げられた出来事の重大性に至る所で囁きが交わされる。

「陛下の御前《ごぜん》だ。静粛に！」

エド様が立ちあがって声を張り上げると、途端にその場が静かになる。陛下がコホン、と咳払いすると、お母様を見た。

「エレクシス公爵夫人、説明してくれるか？」

「はい」

陛下の言葉にお母様は前に進み出てカーテシーをすると、良く通る声で現在の状況を説明し始めた。

説明が進むうちに、多くの貴族たちの間に動揺が走る。

もし、今後も魔物が自分たちの生息領域から外れるのであれば、今はエレクシス公爵領だけでも、いつ他の領地に魔物が現れるようになるかわかったものではない。

そうなれば、多大な損害が発生するのはもちろんのこと、もし魔物の異常行動を止められなければアフォード王国が滅亡することすらあり得る。

お母様が話し終わった瞬間、謁見室には重苦しい沈黙が広がった。

誰も喋らなかった。いや、喋れなかった。

しかし、その沈黙を破った人物がいた。

「……陛下、質問してもよろしいでしょうか？」

「エレクシス公爵か。構わん」

進み出たのはお父様だった。

「現状他の領地で同じことが起こっているなどの報告はないのですか？」

お父様の質問に、陛下は静かに頷いた。

「一件だけ。元フェーヴァー侯爵領でも同じことが起きているらしい。あそこはすぐ近くに魔物の巣窟《そうくつ》となった小さな森があるだろう？　領地の引継ぎに向かわせた役人が魔物の存在を報告してきた。現在魔物について調査中で結果が出次第発表するつもりだったのだが、まさか他の場所でも同じことが起こるとはな……」

陛下の顔は暗い。

元フェーヴァー侯爵領だけではなく、エレクシス公爵領まで被害が出るとは思っていなかったのだろう。

思った以上に大きな問題に、陛下は頭を抱えているようだった。

だが、そんな陛下と違ってお父様はそこまで悲観的に考えてはいないようだった。

「なるほど……では、むしろ良かったかもしれませんね」

「良かった、だと？」

陛下が目を細める。その表情は明らかに怒りに満ちている。

確かに、お父様の言葉は不謹慎《ふきんしん》のようにも思える。お父様は何を考えているのだろうか？

「魔物の生態はわかっていません。迂闊《うかつ》に近づけば死ぬ確率が高く、また魔物の生息地に人間が足を踏み入れることは難しかったからです。ですが、数体が領地に、という話であれば、魔物の巣窟に入らずとも魔物を捕らえて調査することができるようになるかもしれません。そうなれば、魔物の生態を明かす手助けになるでしょうし、もしかしたら今回の問題の解決策も見つかるかもしれません。そういう意味では二つの領地に魔物が現れたことは女神様の啓示《けいじ》とすら言えるのではないでしょうか。調査をするには一か所より二か所の方が比較して考察しやすいですからね」

「っ……！」

陛下が息を呑んだ。

お父様の言う通り、魔物が自分たちの生息域にいる以上私たちに魔物を調査する術《すべ》はない。

だが、今回のように魔物が数体領地に下りてきた、という状況であれば魔物を捕らえて調査することも、そこから魔物を倒す術も、今回の魔物の異常行動を解決する術も、見つかるかもしれない。

先程とは違うざわめきが謁見の間を支配する。暗かった雰囲気から一転、皆希望を満ちた表情を浮かべていた。

「そうだな、確かにそうだ。さすがエレクシス公爵だな」

「陛下のお役に立てたようで何よりです」

お父様が深々と頭を下げる。こうやって雰囲気を良くできるのも、お父様が才能あふれる証拠だろう。

「それでは、騎士団を調査にやって……」

しかし、その言葉を遮った人物がいた。

「父上、その調査、私に任せていただけませんか？」

「そなたがするというのか？」

エド様だった。陛下が興味深そうに目を細める。

「殿下⁉　いけません！　そんな危険な場所に殿下が行くなど、もし殿下の身に何かあったらどうされるのです!?」

白髪の大臣が叫ぶと、そうだそうだという風に他の大臣たちも大きく頷く。

「ほう？　それは私が魔物に負けると思っての発言か？　もし私が魔物に負けるのであれば、それは騎士団を派遣したところでどうしようもないということになると思うのだが、違うだろうか？」

エド様が一睨みすると、大臣たちがうっと押し黙る。

確かに、エド様の剣の腕前は相当なものだという。いや、王国一とすら言われている。そんなエド様が苦戦するのであれば、騎士団を派遣しても魔物を捕らえられるとは思えない。

だが、なおも白髪の大臣は食い下がる。

「ですが、殿下の御身は王国の将来。自ら危険な場所に向かわれる必要など……」

どうもこの白髪の大臣はエド様を行かせたくないようだ。というか、誰かに似ている。誰だろうと考えていると、エド様の低い声が響いた。

「キリアン伯爵。そなたに私の行動を制限する資格などあるのか？」

「……ありません」

「では、そろそろ黙ったらどうだろう？　これ以上私の機嫌を損《そこ》ねないでほしいのだが」

「は、はい……申し訳ございません……」

鋭い目で睨むエド様にキリアン伯爵は気圧《けお》されたように謝罪した。

キリアンといえば、媚薬事件の時に真っ先に駆け付けてくれたキリアン騎士団長の御父上にあたるはずだ。道理で誰かに似ていると思ったわけだ。

彼ならエド様が調査に行くのを妨害したかった理由もわかる。

エド様が行かなければ彼の息子であるキリアン騎士団長が行くことになる。そこで手柄を上げれば伯爵家の功績に……そう考えたのだろうが、エド様がいる以上それは厳しかった。

だが、ご子息である騎士団長も同じ考えであるわけではないようで、陛下の護衛として立っている彼はキリアン伯爵が悔し気に歯噛みする様子を忌々し気に見つめていた。確か権力欲の激しい父と、騎士道を体現したような息子で、親子仲は最悪だったはずだ。

なんとなく彼らを見ていると、明るい声が響く。

「父上、私が行ってもよろしいでしょうか？」

笑みを浮かべるエド様に、陛下が諦めたように溜息を吐いた。

「そこまで言うなら仕方がないな。そなたをエレクシス公爵領に派遣しよう」

「ありがとうございます。しっかり務めを果たしてまいります」

「また、改めて元フェーヴァー侯爵領へは騎士団長のヘンリー・イデア・キリアンを派遣することにする」

「っ⁉　はっ！　しっかりと務めを果たしてまいります」

「へ、陛下！　私の願いを聞き届けてくださりありがとうございます！」

キリアン伯爵の体面《たいめん》を考えてのことだろう。

陛下が騎士団長の派遣を決定すると、団長が目を見開きながらも敬礼する。その表情はなんとなく硬い。反対に、キリアン伯爵は満面の笑みを浮かべていた。

エド様は残念そうな表情を浮かべている。媚薬事件の時も思ったが、エド様と騎士団長、何か因縁《いんねん》でもあるのだろうか。エド様の騎士団長に対する当たりが少し強いが……

そんなことを考えていると陛下が立ち上がった。

「誰を連れて行くかはそなたらに任せよう。くれぐれも気を付けて行くのだぞ」

「「はっ！」」

さっとお辞儀をするエド様と騎士団長を尻目に陛下が立ち上がる。

「では、今日の会議はここまでにする。各自魔物への備えはしっかりしておくように。次の会議は一か月後だ」

「「「「はっ！」」」」

ぞろぞろと退出していく大臣たち。

ちらっとエド様の方を見ると笑顔の彼と目が合った。同時に後ろから声をかけられる。

「エレクシス公爵令嬢、王太子殿下がお呼びです」

＊＊＊

「フィー！　お待たせ」

「大丈夫ですわ」

会議終了後。私は、エド様の執務室にいた。

終わってすぐにリーガン伯爵令息にエド様が呼んでいることを伝えられて執務室に通されてから数分。

ヘレナが出してくれた紅茶を飲みながら待っていると、颯爽《さっそう》とエド様が現れる。

彼の表情は清々しい。

そのことになんとなくもやもやを感じながらも笑顔で彼を出迎えると、彼は顔をしかめた。

「フィー、なんかあったのかい？」

「えっ？」

「いや、表情が硬いから。それに目も合わせてくれないし」

鋭い指摘にうっと答えに詰まる。

「ほら、何かあるなら言ってほしいな？」

「大したことじゃないので……」

俯くと、近づいて来た殿下の手が頬に添えられて上を向かされる。彼の真剣な瞳と目が合った。

「明後日《あさって》から公爵領に行ってしまうから、しばらくの間君と会えないんだ。だから、今話してくれないか？」

「明後日……もう行ってしまわれるんですね」

「えっ？」

首を傾げるエド様をよそに、私は拳《こぶし》をぎゅっと握った。

彼の剣の腕前は私も聞いているし、彼ほど魔物の調査に適任な人物もいないということは理性ではわかっている。

だが、もし彼が怪我をしてしまったら？　いや、それ以上にもし死んでしまったら？

――私はどうしたらよいのだろうか？

だが、行かないでとは言えない。

すでに決まったことだし、何よりエド様が調査するのは私の生まれ故郷でもあるエレクシス公爵領。

今も魔物に苦しめられている人々がいると思えば、むしろエド様が調査してくれることに感謝しなければいけない。

どっちつかずの感情に言葉が出ずにいると、エド様がおもむろに口を開いた。

「ねぇ、フィー。もしかして心配してくれているのかい？」

「っ……！　当たり前じゃないですか！　できることなら引き止めたいくらいです。でも、それは私のわがままなので……」

心配しないわけがない。でも、なにも言えないから困っているのだ。

そんな気持ちを込めてエド様を見つめると、彼はふふっと笑う。

「心配してくれてありがとう。こんなこと思ってはいけないってわかっているけど、君が心配してくれることが嬉しい」

「っ……そんなこと言っても、エド様は行ってしまわれるのでしょう?」

「もちろん」

間髪を入れずに肯定されて余計に悲しくなる。

もう覚悟を決めていることがわかってしまったから。

また俯きそうになる私にエド様が元気づけるように笑みを浮かべる。

「フィー。私はさ、この王国を守りたい。それはこの国の将来を担う者だからという責任感からでもあるけれど、それ以上にこの美しい国を荒廃させていくなんて許せないからなんだ」

初めて聞くエド様のこの国への思い。

エド様が私から視線を逸らす。その視線を辿ると窓の外、アフォード王国の街並みが目に入った。

「この国は他国に比べてずっと豊かで、多くの民が日々笑顔で過ごせている。そんな国を私は愛しているし魔物のせいで滅亡するなんて絶対に嫌なんだ。だからね、私はこの国の将来を決めるであろうこの調査は自分の手で行いたかった」

「でも、もし怪我でもされたらどうするのですか？」

思わず身を乗り出す。

いつになく熱いエド様に感化されたのか、気が付けば堰《せき》を切ったように胸の中の思いを話していた。

「怪我だけではありません。もし死んでしまったら……エド様以外にこの国のトップに立てる人などいないのですよ？　王国の将来を担うどころではなくなってしまいます！」

「わかっているよ。だから、私は怪我をするつもりもなければ死ぬつもりもない。そんなに私の言葉が信じられない？」

悲しそうに首を傾げられると、肯定なんてできない。

ふるふると首を振ると、エド様が嬉しそうに笑う。

「良かった。それにね、エレクシス公爵領は君の生まれ故郷だろう？　私としては君の生まれ故郷は何としてでも守りたいんだ」

「あ……」

確かにエド様は私の生まれ故郷がエレクシス公爵領であることを知っていた。何度も婚約者として遊びに来ていたし、私も話したことがあったから。

私もエド様も、故郷にある大きな時計台がお気に入りで日が暮れるまでそこでずっと話していたこともあった。

でも、そこまで考えてくれていたなんて。

エド様の想いを感じて胸が熱くなる。

「エド様、ありがとうございます。そう思ってくださって嬉しいですわ。心配ですけど……それでも、私もエド様の意志を尊重しないといけませんね」

眦《まなじり》に浮かんだ涙を拭う。これだけ私を想ってくれている相手をこれ以上困らせるわけにはいかない。

私にできるのは笑顔でエド様を見送ること。それだけだ。

エド様が私の足元にさっと跪《ひざまず》く。私の手を取ると、チュッとキスをした。

顔が熱くなる。

「な、なにを……！」

「ありがとう、フィー。絶対に無事に君の元へ帰ってくるから、そんなに心配しないでくれ」

「は、はい……！　信じて待っていますわ」

ルビーの瞳が優しく細められる。

それから二日後、エド様はエレクシス公爵領に向かって出発した。

第三話　夢見

「お嬢様、落ち着いてくださいませ。そんなに心配していると殿下が知ったら、飛んで帰ってきてしまいますよ。ご迷惑をおかけしたいわけじゃないのでしょう?」

「それはそうだけど……でも、心配なの。魔物だなんて……怪我なさらないといいのだけど」

王城での会議から五日が経った。

エド様が王都を出発してから三日。もう私は不安になっていた。

エレクシス公爵領までは馬で五日ほど。まだついてもいないのだから心配しても仕方がないのだが、どうしてもしものことを考えてしまう。

彼が死体になって戻ってきたら……と。

そんな落ち着きのない私を見て、マリンが苦笑している。

「お嬢様。王太子殿下の剣の腕前を信じていないのですか?」

「信じているけれど……見たことあるわけじゃないもの。それに魔物だって実際どれくらい強いかわからないし……」

「わかりましたから、これを飲んで落ち着いてください」

オロオロしている私の前に紅茶が置かれる。

湯気《ゆげ》と共に立ち上る甘い香りにスーッと気分が落ち着いていくのを感じた。

ふぅっと息を吐くと、マリンが昔を思い出すような表情を浮かべる。

「お嬢様、これは内緒なのですが……実は、私、殿下が剣を振る様子を見たことがあるのですよ」

「えっ？」

なぜマリンが⁉

びっくりして叫ぶとマリンはお茶目《ちゃめ》にウィンクする。

「お嬢様は知らなかったでしょうけど、私は元々王城のメイドだったんです。でも、お嬢様が殿下の婚約者になられた際、御身をお守りするために陛下の勅命《ちょくめい》でこちらで働かせていただくことになったのですよ」

「そうだったの⁉」

初めて聞く話に唖然とする。マリンがまさか国王陛下が送ってくださったメイドだったなんて……！

「はい。ですから、王城への出入りは比較的簡単なのです。それに騎士団に兄がいるので差し入れを渡しにいったりもしていますし」

「そうだったのね」

兄がいるとは聞いていたけれど、王国騎士団の所属というのは初めて聞いた。

私は思ったよりマリンのことを知らなかったらしいことに気付き、少し落ち込む。

そんな私の様子に気づかず、マリンは思い出すように話を続ける。

「それで、一度だけ訓練場で殿下のお姿を拝見したことがあるのです。大人でも振るのが大変な剣を軽々と振るわれる様子はとても格好良かったです。その頃はまだ十二歳くらいだったと思いますが、大の大人相手に簡単に勝っていくのには本当に驚きました」

「っ……エド様って本当にすごいのね」

そこまですごいだなんて知らなかった。確かに王国一とは聞いていたが、それが実際にどれほどすごいことかなんてわかっていなかったのだ。

「ですので、お嬢様がそう心配されることはありませんよ。むしろ殿下のことを信じて待っていてあげてくださいませ」

「そうね」

殿下からも信じてほしい、と言われたのだからこれ以上の心配はむしろ迷惑だろう。

だが。

「私はエド様が剣を振っている姿を見させてもらえないのにマリンが見たことあるだなんてずるいわ」

羨ましい。単純に、羨ましい。

私は危ないからと訓練場に入ることすら許してもらえていないのに。

「ほら、そんなに頬を膨らませないでくださいませ。殿下もお嬢様のことが心配なのですよ」

「わかっているわ。でも、私だって殿下の格好良いお姿見たいのよ」

「ふふっ、そうですよね。でしたら今度――」

マリンがそっと私の耳元に口を寄せる。

「内緒で見に行ってみたらどうでしょう？　訓練場は広いですし、誰かに協力してもらえば殿下に見つからずに見ることができると思いますよ」

「っ⁉　でも、ご迷惑じゃないかしら？」

確かに心揺れる提案だが、そんなことをしてエド様に迷惑を掛けたくはない。

「大丈夫ですよ。きっと殿下も喜ばれると思います」

「それなら良いのだけど……そしたら、今度こっそり見に行ってみようかしら」

「はい。ご案内いたしますよ」

「ありがとう、マリン。その時はよろしく頼むわ」

くすっと笑い合う。

その時のことを考えているうちに、自然と心配も薄れていった。


その夜のこと。私は再び夢を見ていた。

『引け！　全員逃げろ！』

『はっ！』

沢山の王国騎士団の騎士たちが必死の表情で馬を駆けている。怒号が鳴り響き、叫び声や悲鳴が満ちていた。

騎士たちの後ろには黒々とした波が見えるが、至る所に金色の丸い光がありとても不気味だ。

ここはどこだろうか。これが夢であることはわかる。だが、この修羅《しゅら》とでもいえそうな光景は夢の中であろうと私の身をすくませた。

周りを見回していると、騎士たちの先頭に見慣れた顔を見つける。

「エド様っ……⁉」

服はボロボロであちこちに血がにじんでいる彼の姿はあまりに痛ましい。血まみれの剣を振るい、黒い波から時々襲ってくる何かをやすやすと切り裂く。

必死な表情で額に汗を浮かべながらも馬を走らせているが、黒い波が彼らを襲う手を緩《ゆる》める気配はない。

なんでこんなことに？　なぜ？　ここはどこ？

やっぱりまだ情景がはっきりと見えるわけではないせいで、場所の特定をすることなんてできなくて。

ただ、異常な光景をじっと見ていることしかできない。

どうしたらよいかわからず、ただ茫然《ぼうぜん》と目の前の光景に見入っていると、不意に奥に背の高い建物が見えた——気がした。

「えっ？」

目を凝らしてもぼんやりとしか見えないが、明らかに見覚えのあるシルエットだった。

真っ白な壁、四角いフォルムで上に行くにつれて幅が細く、屋根のようなものがついている。

白い壁は劣化なのかグレーになっていたが、それでもあの建物を見間違えるわけがない。

――私とエド様が気に入っていたあの場所を。

「まさか。ここはエレクシス公爵領……？」

呆然と呟く。

先程の建物は明らかに私とエド様のお気に入りの場所である時計台だった。

そして、私の中で情報が繋がっていく。

エド様、騎士、黒い波、金色の光、時計台……

はっとする。

「この夢は、エド様がちょうど今行っているエレクシス公爵領での魔物の調査で起こることだわ！」

今ある全ての情報を総合すればほぼ確実だろう。この金色の光揺らめく黒い波は魔物の大群に違いない。

エド様たちは魔物の大群に追われて撤退《てったい》を余儀なくされているのだ。

でも、なぜこんなことに……

領地に下りてきている魔物など数体程度のはず。こんな大群に追いかけられるはずがない。それとも魔の山の中にでも入ったのだろうか？

そこまで考えて首を振る。

「ううん、それはないわね。この光景も明らかに山の中ではないし」

でも、なぜこんな状況になっているのかしら……

わからなくて頭を悩ませていると、夢の中のエド様が叫ぶ。

『そろそろ領地の端に着く！　このまま逃……』

『殿下⁉　後ろ！』

騎士の叫び声。エド様のすぐ後ろに巨大な虎の魔物が牙を剝いていた。

途端に視界に映るもの全てがスローモーションになったように感じた。

騎士の言葉に振り返る殿下。エド様に鋭い爪を伸ばす虎。エド様の元に駆け付けようとする騎士。

見ていられなくて目を瞑《つむ》りたい。だが、私ができることは夢を見ることだけ。そして今は目を瞑ってはいけない。

なんとか目を見開く。知らぬ間に両の手は胸の前で組まれていた。

お願い、エド様を助けてっ……！

必死に祈る。だが。

『あああああああああ！！！！！』

『殿下ぁぁぁぁぁぁぁ！！！！』

虎の爪が殿下の背中に達した瞬間、殿下の背中から大量の血が噴き出し、みるみるうちに騎士服を真っ赤に染めていく。

馬が主人の血の匂いを感じて暴れ出す。突然ジグザグに駆けていく馬。

その背に必死にしがみつくエド様だが力が入らないのか馬から振り落とされる。

『殿下!?』

「エド様!?」

エド様に付き従っていた騎士たちは司令官がいなくなったことに気付き、顔を青くする。

今の今までずっと魔物を対処していた司令官がいなくなったのだ。この大量の魔物の中でこれ以上彼らが生き残れるわけがなかった。

そこから繰り広げられたのは魔物による一方的な虐殺。

全てが終わった時、残ったのは黒い波とそこら中に広がった血のり、それだけだった。

あまりの光景に私は吐き気を抑えられなくなり、そして――

「はっ！」

パッと目を開けると、目の前には見慣れた天井が広がっていた。

それとともにこみ上げる吐き気。

「うっ……！」

バッと飛び起きると、私は一目散にお風呂へと向かった。

しゃがみ込み洗面器にこみ上げてきたものを出し切る。すると胃の底から酸《す》っぱいものが這《は》い上がってきてそれすらも吐く。

それを何度も何度も繰り返した。

「お嬢様⁉」

途中、偶然部屋を訪れたマリンが吐き続ける私を見て慌てて介抱《かいほう》してくれた。

ようやく落ち着いた時、私は胃の中のすべてのものを吐き出し疲れ切っていた。

何度ゆすいでも口の中の酸っぱさがなかなか取れず、その気持ち悪さのせいで自然と眉間に皺が寄る。

マリンによって毛布をぐるぐる巻きにされていたが、いつまで経っても寒気がなかなか取れなかった。

そんな私を見てマリンが白湯《さゆ》を持ってきてくれる。

「お嬢様、こちらをどうぞ」

「マリン、ありがとう」

「いえいえ。それよりもどうかされたのですか？　もしかしてお夕食に何か問題でも……」

マリンの今にも料理長を食わんばかりの勢いに、急いで首を振る。

「いや、そういうわけではないわ。ただ、夢を見て……」

マリンがあっと表情を固くする。

私はマリンに全てを話した。

大量の魔物が領地に現れるであろうこと。

それによりエレクシス公爵領でエド様含む派遣されたすべての騎士が死ぬこと。

その、残酷《ざんこく》な光景を目の前で見てしまったこと。

話し終わった時、マリンの目には涙が浮かんでいた。

「そんな怖い夢を見て……さぞ苦しかったことでしょう」

「ええ……でも、マリンがいてくれてよかった。聞いてくれてありがとう。こんな夜中にごめんなさいね」

「何をおっしゃいますか！　いつでも呼んでくださっていいのですよ。お嬢様が必要としてくださるなら私はどこにでも飛んでいきますから」

マリンの笑みに冷え切っていた指先に温度が戻ってくる。

それとともに、これからしなければならないことがあることに気付く。

「ふう……こうしてばかりではいられないわね。夢を見た以上、私は私でやることやらないと」

私にできることは全力であの未来を作り出さないよう努力することだけなのだから。

「公爵様にお会いされますか？」

「うーん……」

どうだろう。確かにお父様に話した方が早いだろう。

夢の内容を伝えれば、エド様がエレクシス公爵領に辿り着くのをなんとか阻止しようとしてくれるはず。

だが、なぜだかわからないがそれだけではいけない気がして、お父様に言いに行くことを躊躇《ためら》う自分がいた。

しばらく考えたのち、ある事を思いつく。

「お母様に会いに行くわ」

＊＊＊

「フィーメルちゃん？　こんな夜中にどうしたの？」

「ごめんなさい、お母様。ちょっとお話ししたいことがあって」

「そう……？　入ってちょうだい」

ネグリジェのままお母様の執務室に行くと、お母様は思った通りまだ仕事をしていた。

快《こころよ》く私を部屋の中に招き入れてくれる。

魔物のことがあったせいか、こちらに戻って来てからお母様はずっと忙しいようで、毎日夜遅くまで執務室の明かりがついていることは知っていた。だからこちらに来たが、まだ起きていてよかった。

「マリン、ラベンダーティーを淹れてくれるかしら？」

「かしこまりました」

すでにお母様付きのメイドは下がらせているのか、私が座るとお母様は一緒に来たマリンにラベンダーティーを淹れるよう指示する。

マリンが準備してくれている間、私はどう切り出そうかずっと頭の中で考えていた。

今から言うことは本来であれば絶対に止められること。どういう言い方をすればお母様は納得してくれるだろうか？

私が考えていることもわかっているのだろう。お母様は私に話を促すでもなく書類仕事を進めていく。

しばらくの間、部屋には書類をめくる音とラベンダーティーを淹れる音だけが満ちた。

「奥様、お嬢様、お待たせしました。ラベンダーティーになります」

お母様はラベンダーティーを一口飲むと笑みを浮かべた。

「ありがとう、マリン。あなたのような子がフィーについていてくれて嬉しいばかりだわ」

「とんでもございません。私もお嬢様にお仕えできて嬉しい限りです」

マリンの言葉に胸が温かくなる。

「それで？　そろそろこんな夜遅くにここに来た理由を教えてくれるかしら？」

お母様の言葉に私はびくっとする。

口に運んでいたティーカップをソーサーに戻すと居住まいを正した。

「お母様、私、公爵領に行ってきてもよろしいでしょうか？」

「っ!? なぜそうなったのかしら？」

驚いた表情を浮かべるお母様に先ほど見た夢を説明する。説明しながら徐々にお母様の表情は険しくなっていった。

「なるほどね……それでお父様ではなく私のところに来たの。でも、それなら早馬を送って公爵領に行かないよう伝えるでもいいんじゃないかしら？」

お母様が首を傾げる。

確かに早馬を送るでもいいはずだ。

すでにエド様たちが三日も先に出発してしまっている以上そもそも追いつけるか怪しいが、それでも早馬ならもしかしたら追いつけるかもしれない。私も乗馬はできるが、それでも早馬の方がわざわざ私が行くよりもずっと可能性は高いはずだ。

だが。

「とても嫌な予感がするのです。私が直接行かないといけない状況になるような、そんな予感が……」

「嫌な予感ね……」

お母様が呟く。

その顔はなんの表情も浮かべておらず、読むことができない。

ドキドキと心臓の音が聞こえてくる。

ここでお母様に断られたらおしまいだ。

お父様は私を絶対に公爵領に行かせてくれることはないだろう。お母様ですら止められたのだ。私なら最悪部屋から出してもらえなくなる。

――お願いだから行かせてくれますように……！

数分が何時間にも感じた。やがて……

「わかったわ。あなたが公爵領に行くことを許可しましょう」

「本当ですか⁉ ありがとうござ……」

「ただし！」

お礼を言おうとすると、強い口調で言葉を遮られてびくっとする。

碧眼が私の目を捕らえて離さない。

「絶対に危ないことはしないって約束してちょうだい。あなたが王太子殿下を心配しているのはわかるけれど、私たちはあなたのことが一番心配なの。わかってちょうだい」

お母様の目には明白な心配の表情が浮かんでいて、愛されていることを実感する。それとともに心配をかけてしまう現実に申し訳なさが募る。

私はしっかりと頷いた。

「わかりました。必ず無事に帰ってきます」

「ええ、もし怪我でもしようものなら絶対アレクセイが大騒ぎするしね。くれぐれも気を付けて」

「はい。お父様は過保護ですもんね。気を付けてきますわ」

母娘で笑い合う。

お母様が私のお母様で良かった。これでエド様を助けに行ける。

待っててくださいね、エド様。絶対にあなたを救ってみせますから。

夜が明けたら出発することでお母様と話が付いた。

本当は今すぐにでも出たいが、真っ暗な中で馬を走らせるわけにはいかない。そんなこととすればエド様に会う前に私が危険な目に遭うからだ。早さを重視するため護衛もつけずに行くことになったから、余計に夜に動くわけにはいかない。

そういえば、お母様が「フィーメルちゃんも知っている人を同伴《どうはん》させるから心配しないでいいわよ～、殿下がいるところまではその人が案内してくれるはずだわ」と言っていたが、一体誰だろうか？

ちなみにマリンは馬に乗れないため留守番である。

長い夜が明けて、早朝。体型を隠すため真っ黒なローブを羽織《はお》り、銀髪を隠すようにフードを目深《まぶか》にかぶって馬の世話をしていると、確かに私も良く知っている人物が現れる。

「エレクシス公爵令嬢、お久しぶりです。公爵夫人から令嬢の案内を頼まれましたので、殿下のところまでお連れさせていただきます」

「リーガン伯爵令息⁉」

私と同じくローブを羽織りフードを被った彼は栗毛の馬に乗っていた。

お母様が言っていた私も知っている人というのは彼のことだったらしい。彼なら信用できるから安心だが、むしろなぜ殿下に付いていっていないのかが不思議である。

「殿下の仕事の多くは何日も置いておくわけにはいかないものばかりですので、私が代わりにこなすために残ったのですよ」

「そういうことでしたか」

疑問が顔に出ていたのか、伯爵令息は聞く前に答えてくれる。確かに王太子が長い間仕事をあけるわけにはいかない。納得だった。

「あと、私のことはマティスとお呼びください。殿下と結婚されれば、私にとってはあなたも主人になるのですから」

確かに。リーガン伯爵令息と呼ぶのは少し長すぎるし、緊急の際にパッと呼べないのは不便だ。あまり未婚の男性の名前を呼び捨てにはしたくないが、エド様の婚約者という立場でエド様の補佐官を呼ぶくらいなら問題ないだろう。

「わかりましたわ」

「では、そろそろ行きましょうか。大体の話は公爵夫人から聞いております。殿下たちは大勢で休み休み向かっていますが、私たちは二人。なんとか追いつけるよう頑張りましょう。疲れたら教えてください」

「はい。よろしくお願いしますわ」

私も馬に飛び乗る。久々だが、問題はなさそうだ。

「はぁっ！」

先に駆けはじめたマティスの後ろ姿を追うように、手綱を切る。

――エド様、絶対に死なせませんから。

そう心に誓って、私は馬を走らせた。


「あの子は大丈夫かしら……？」

メルティ・ドレ・エレクシスは一人、明るくなり始めた外を眺めた。

窓から見えるのは遠くにある山々だけ。

だが、彼女の目はその山々よりもさらに遠くを見つめているよう。

「無事に帰ってきてね。私の女神《ミューズ》」

その切実な呟きを聞く者は誰もいなかった。

第四話　異変　そして、覚醒《かくせい》

フィーメルがマティスと共に馬を走らせている、その頃。

エドガーたちはエレクシス公爵領のすぐそばまで来ていた。テントを張り、明日からの公爵領での調査に備えて休んでいると、先に領内の様子の確認のために派遣した部下が怪訝《けげん》な表情を浮かべて戻ってくる。

「殿下、何やら様子がおかしいです」

「様子がおかしい？　何かあったのか？」

「それが、領内が思った以上に平和な雰囲気だったのです。公爵夫人が魔物の被害に関してしっかり対処したとは伺っておりますので、それのおかげかなとも思ったのですが……」

「違ったと」

エドガーは口ごもった部下に確認するように問う。部下はためらいがちに頷いた。

「はい。領民に聞いたらここしばらく魔物は現れていないとのことでした」

「それはおかしいな。公爵夫人の報告では夫人が領地を離れる寸前まで魔物は数体ずつ領地に現れていたはずだが？」

「それ自体は確認が取れたのです。ですが、公爵夫人が王都に向かわれてから少しして魔物の襲撃《しゅうげき》はピタッと止まったようです。それで魔物に壊された場所の復旧も進み、領内は平和を取り戻しつつあるとのことです」

「なるほどな……」

エドガーは顔をしかめる。

（公爵夫人が領を出た後に魔物の襲撃がぴたっと止まっただと？　それは魔物の襲撃が公爵夫人を狙ったものだったということか？　だが、なぜ魔物が公爵夫人を狙うんだ？　それとももっと違う理由があるのか？）

いくら考えてもわからない。

当たり前だ。そもそも魔物が山から下りてくる理由を調べに来たのだから、今の時点でわかるわけがないのである。

だが、魔物を調べに来たのに領内に出没しないというのは想定外すぎた。

（これでは調査ができないな……魔の山に踏み入るわけにもいかないし……）

少し離れたところに見える裸山《はだかやま》に目をやる。テントを張った場所は、魔物によって荒廃し丸裸になった魔の山が良く見える場所だった。

エドガーはしばらく考えたのち、決断を下した。

「考えても仕方がないだろう。調査中に魔物が現れることを願うしかない。調査は予定通り行う。全員に明朝、支度《したく》を整えて集合するように伝えてくれ」

「はっ！」

部下がテントから出ていく。

「ただでさえ異常行動を起こしていた魔物のさらなる異常行動か……もう、今持っている知識はほとんど役に立たないな」

そもそも魔物の情報は少ないというのにそれらの情報すら使い物にならないとなれば、今回の調査は苦戦をする可能性が高い。

エドガーはため息を吐いた。

「より一層気を引き締めないと、もしものことになりかねないな」

嫌な予感を感じながらも、エドガーはどうすることもできずに眠りについたのだった。


翌日。

「これは……」

領地に入ったエドガーは領内の様子に目を見開いた。

賑《にぎ》やかな市場。

元気よく走り回る子供たち。

農作物を収穫している農民。

前もって平和な雰囲気であるとは聞いていたが、それでも少し前に魔物が襲って来た場所とは思えないほどの和やかさ。

むしろ、武装した騎士たちが入ってきたせいで物々しさが増したように感じる。

「本当にここを魔物が襲ったのか……？」

エドガーが思わずぽつりとつぶやく。と、それに答える声があった。

「本当よ」

「何者だ！」

気が付けば道端にフードを被った人間がいた。声からすると若い女のようだが、怪しすぎてエドガーの周りにいた騎士数名がエドガーを守るように立ち塞《ふさ》がり、剣を首元に突き付けた。

だが、女は気に留めた様子もなく、くくっと笑う。

「私はそこのお坊ちゃんの質問に答えただけよ？　それなのにこんな扱いを受けるなんて……騎士というのは見かけだけで、本当はならず者なのかしら？」

「っ……！」

騎士たちの間に動揺が走った。

「剣を下ろせ」

「ですがっ……！」

「いいから。自分の身は自分で守れる」

「はっ」

エドガーが静かに命令を下すと、一度騎士たちはためらう様子を見せたが、やがて剣を下ろした。

エドガーは馬上から女をじっと見つめた。

「騎士たちの無礼を謝ろう。それで？　なぜ私に近づいた？　理由があるのだろう？」

「お貴族様はせっかちね。別に理由なんてないわ。ただ、歩いていたらあなたの呟きが聞こえたから答えただけ」

「それを信じろと？」

飄々《ひょうひょう》と答える女にエドガーは苛立ちを露わにする。だが、女の口調は変わらない。

「他に理由なんて……ああ、いや、あったわね……」

――王太子がどれだけ有能か見るため、という大事な理由が。

「その女を捕らえよ！」

女の返答を聞いた瞬間、エドガーは反射的に命じていた。

その声と共に騎士たちが女にとびかかる。

しかし。

「無理よ。あなたたちに私は捕まえられない」

「なっ⁉」

騎士たちが女に触れた途端《とたん》、その女は石像に姿を変え、粉々に崩れ去った。

騎士たちは支えを失い勢い余って地面に倒れ込む。

エドガーは呆然とその様子を見ることしかできない。

「一体何が……」

「ふふっ、会えてよかったわ」

「どこだ⁉」

女の声がその場に響くが、どこを見回しても女の姿はない。その声は石像の破片から発されているようだった。

「私を探し出すことはあなた方じゃ無理よ。そうね……聖女なら、もしかしたらできるかもしれないけど」

「どういうことだ!?」

唐突に出た『聖女』とワードにエドガーが平常心を失って怒鳴る。

「さあね～、それを私が教えてあげる義理はないわね」

「貴様っ！」

（私を愚弄《ぐろう》して……！　何者なんだ？）

エドガーは唇を噛む。楽し気な女の声が響いた。

「運が良ければもう一度くらい会うかもしれないわね。幸運を祈るわ」

「おい！　どういうことだ！　もう一度会える!?　説明を……！」

エドガーが何度も石像に向かって呼びかけるが、それ以上石像がしゃべることはなかった。

エドガーが太ももに拳を叩きつける。

「なんだったんだ、あの女は……！」

何が起こったのかわからない。そして、一方的に振り回された状況が気持ち悪くて仕方がない。

その時だった。

『グルゥウゥウゥウゥウ！！！』

ゴォォォォオ！

獣《けもの》の鳴き声のようなものが響き渡る。それと共に地鳴《じな》りが響いた。

「なんだ⁉」

「殿下、あれを！」

部下が指示した方向――魔の山に通じる道を見たエドガーは言葉を失った。

（あ、あれは、なんだ……⁉）

黒々とした波がこちらに向かってきていた。

＊＊＊

「今の音は……！」

「獣の叫び声でしょうか……凄まじい音がしましたね」

公爵城を出てから二日半。私――フィーメルは公爵領のすぐそばまで来ていた。

前方には公爵領が、そのさらに奥には魔の山が見える。

ここまでの日程はかなり過酷《かこく》だった。

休憩は半日に一回、睡眠時間は一日二時間でずっと馬を走らせてきたのだ。マティスに至っては私が寝ている間もテントの前で見張りをしているため、一切の睡眠をとっていない。

だが、男女の差なのか、それともマティスが特殊《とくしゅ》なのか、マティスは疲れている様子が一切見えないのに対し、私はへとへとになっていた。

何度も「休みましょう」という言葉を拒否して進んできているため、外出に慣れていない私ではこの日程は厳しかったと言わざるを得ない。

だが、無理をしたおかげでたった二日半でここまで来れたのだから、むしろ良かったと言えよう。

だが、ようやく安心できる、そう思った直後のこと。

獣の叫び声と地響きがしたのだった。

聞こえてきたのは公爵領の方から。私とマティスは深刻な表情で顔を見合わせた。

「まずいわね……公爵領で何が起こっているのかしら……？」

「わからないですが、いい知らせじゃないことは確かですね。特に今の咆哮が魔物なら、相当巨大な魔物がいるはずです。殿下でも勝てるか……」

その言葉に私はいてもたってもいられなくなり、馬の手綱《たづな》を握り直す。

マティスが目を見開く。

「令嬢⁉」

「マティス、急ぎましょう！　このままではエド様が危ないわ」

「ちょっ、まっ……！」

脳裏に浮かぶのは夢で見た、すべてが終わった後の光景。あんな光景は二度と見たくない。

疲れ切った体を奮《ふる》い立たせて、馬を公爵領に向かって駆けさせる。

もう、マティスのことは忘れ去っていた。

そして。永遠にも思える時間を駆けて公爵領に着いた時、私はあまりの光景に言葉を失った。

「これは……」

後ろから聞こえてくるマティスの呆然とした声。

私たちの眼前に広がったのは黒々としたものに埋め尽くされた街の姿だった。

目の前が真っ暗になる。

「もしかして、間に合わなかった……？」

まさか、そんな。ここまで来たのに？

間に合わなかったのであれば私が夢を見た意味は何だったのだろうか？

そんなことって、そんなことって……！

「……嬢、令嬢、エレクシス公爵令嬢！」

「あ、え、な、何？」

マティスの声で現実に引き戻される。気が付けば目の前にマティスの顔があった。

「令嬢、諦めるのはまだ早いです。ほら、周りを見てください」

言われて周りを見る。

だが、マティスが何を言いたいのかまったくわからない。魔物に覆い尽くされた街。領民たちの姿は一切見えず、多くの家が破壊されていて、これの何が諦めるのはまだ早い、なのか。

意図がわからずに首を傾げると、マティスが私をまっすぐ見つめる。

「どこにも血がないでしょう？」

「え？」

言われてみれば確かにどこにも血がなかった。家や物は壊されているし、瓦礫《がれき》が散乱しているが、血の跡だけは見つからない。

「これは……」

「おそらく先に着いた殿下たちが領民を避難させたのでしょう。それに耳をすませば遠くから何かが倒れるような音が絶えず響いています。戦っているのはおそらく殿下たちのはずです」

「ということは……」

「はい、まだ殿下たちは生きておられます」

マティスの目は光を失っておらず、その言葉は嘘ではないことがわかる。

「まだ、生きてる……」

呟くと、実感が湧いてきてじわっと目に涙が浮かぶ。

「良かった……」

だが、マティスの表情は硬い。

「安心するのはまだ早いです。今はまだ魔物は私たちの存在に気付いていませんが、いつ気付くかわからない状態。この状態でどうやって殿下のところまで行くか……」

「それなら私に考えがあるわ！」

「それはどうい う……?」

怪訝な表情を浮かべるマティスににっこりと笑ってみせる。

「ここは私の生まれ故郷なの。もちろん隠し通路だって知っているわ!」

＊＊＊

「くそっ!　どれだけ倒しても魔物の量が減らないぞ!　これいつまでかかるんだ!」

エドガーは魔物を切り裂きながら悪態《あくたい》をついた。

魔物の大群が公爵領に迫ってきているのを見てからのエドガーの動きは素早かった。

公爵領に在中していた領兵を総動員して領民たちを高台にある時計台に非難させ、その時計台を守る形で騎士たちは魔物相手に応戦していた。

だが、多すぎる魔物たちは領のあちこちに散らばり、たかが三十人程度の騎士たちですべてに対応することはできない。

それに一体一体がでかいのだ。そのため、エドガー以外は複数の騎士で一体の魔物を相手にしなければならず、余計に苦戦を強いられているようだった。

「このままじゃ体力が尽きて魔物に食われるのがおちだ。どうにかしなければ……」

しかし、次から次へと湧いてくる魔物を相手にしている以上、その場を動くこともかなわず刻々と時間が過ぎていく。

やがて、疲労が溜まってきて動きが鈍くなってきたエドガーの体に徐々に傷が増えていく。騎士たちに至ってはすでに防戦一方になり始めていた。

そして、ついに疲労によりエドガーは致命的なミスを犯してしまう。

「まずいっ！」

魔物の牙に剣を止められてしまったのだ。普段なら簡単に引き抜けたかもしれないが、今のエドガーは疲労困憊《ひろうこんぱい》。剣を抜くのにタイムロスが発生し、そのタイミングで後ろから魔物が迫った。虎の魔物のようだった。

（ここで、終わりか）

視界の端で魔物の動きがスローモーションに見える。

（これが走馬灯《そうまとう》か）

エドガーの脳裏に思い出が浮かんでは消えていく。

初めてフィーメルと会った時のこと。小さなフィーメルが名前を呼んでくれた時

のこと。フィーメルが好きと言ってくれた時のこと、そして。
『信じて待っていますわ』
ここに来る前にそう告げたフィーメルの泣きそうな顔。
(ごめん。どうやら君の元に戻ることはできないみたいだ)
エドガーの頰を涙が伝う。
(叶うならば、もう一度君に会いたかった。愛していると言って抱きしめたかった)
だが、それはもう叶わない。
迫りくる牙に貫かれそうになったその時。
「エド様ー——!」
「えっ?」
聞き覚えのある声。そして、その瞬間、光が爆発して視界が真っ白になった。

＊＊＊

「ここは……?」

「また会ったわね、フィーメル」

私――フィーメルは気が付けば真っ白い空間にいた。目の前には私とそっくりの容姿でありながら、私よりも年上に見える女性がいる。

「力の欠片……？」

「その通り」

以前よりずっと成長したなと思いながら力の欠片を見る。

そういえば、私はなんでここにいるんだろう。

確か魔物が領内を埋め尽くしているのを見た後、エド様たちが戦っているであろう場所に向かうために、公爵領の隠し通路を使ったはず。

その隠し通路は魔の山とは反対側の公爵領の外から時計台の地下に繋がる道で、狭いため人くらいしか入ることができず、緊急時の避難用として幼い時にお母様から聞いていたものだった。

マティスの言葉からエド様が時計台に領民を避難させ、そこを守るように戦っているであろうことが推測できたために使えた方法ではあったが、実際隠し通路を使って時計台に着いた時、内部には領民が避難しており、地上に出るとエド様含む騎士たちが時計台の周りで魔物と戦っていた。

無事であることに安堵するのもつかの間、エド様が背後から虎の魔物に襲われそうになっているのを見て我を忘れて叫んだのを覚えている。

だが、その後の記憶がない。

気が付けばこの真っ白な空間にいて、目の前に力の欠片がいたのだった。

混乱している私を見て、力の欠片が呆れたようにため息を吐く。

「あなたは愛している者の危機に直面して新たな力を覚醒《かくせい》させたのよ」

「新たな力の覚醒……？」

どういうことだろう？　私の力は夢見のはずだけど……

「以前、私が教えたでしょう？　『私は代々の聖女の力の根源だった。それはつまり、夢見の力以外も持っているということ』だって」

そういえば確かにそんなことを言われた。以前彼女に会って以降色々ありすぎてすっかり忘れていたが。

「つまり、私は過去の聖女の力を覚醒させたということ？」

「そういうこと。そして、あなたが覚醒させた力は浄化の力よ」

「浄化……？」

聞き慣れない力に首を傾げる。

「浄化とは、簡単に言えば汚れたものを綺麗にすることね。呪いって聞いたことあるかしら？」

「魔女が使う魔法よね？」

「そう。呪いをかけられたものは魂が汚染《おせん》される。でも浄化の力を使うことでその呪いを解くことができるわ」

つまり、良くないものを取り除くイメージで良いのだろうか。

「でも、なぜ今その力が私に覚醒したの？」

「あなたの最愛の人が魔物によって危険にさらされていたでしょう？　だからよ。魔物というのは動物が汚染された結果生まれたものなの。つまり、浄化の力によって魔物たちは消え去り、あなたの最愛の人は危険から脱したってわけ」

力の欠片の言葉に目を見開く。それじゃあ……

「エド様は無事なの⁉」

「ええ、無事よ。それに、この空間から戻ったらアフォード王国内の全ての魔物が消え去っていることでしょうね。あなたの最愛の人への想《おも》いが強すぎて浄化の力が王国中を覆う勢いだったから」

「良かった……」

安堵でへなへなと座りこむ。

エド様が無事だったことも嬉しいし、王国内から魔物が消え去ったことも嬉しい。

これで、ようやく全てが終わる。

「頑張ったわね」

「ありがとう……！」

力の欠片に頭を撫でられる。自分に頭を撫でられているようで変な気分だが、胸の中にじんわりと温かいものが広がった。

「でもね」

欠片が厳しい表情を浮かべる。

「今回のような力の使い方をしてはいけないわ。強大すぎる力は自分の身を滅ぼしかねないし、それ以上にあなたの体がもたないの。今回だって現実に戻った瞬間意識を失うはずよ。そんなことを繰り返していれば、いずれあなたは死んでしまう」

「っ……！」

死ぬ、という言葉に息を呑む。この力の危うさをようやく実感する。

この奇跡のような力に代償が伴《ともな》わないなんて、そんなこと、ありえなかったのだ。

俯くと、力の欠片の雰囲気がふわっと軽くなる。

「でも、ちゃんと力の使い方を覚えれば大丈夫よ。それに、あなたはあの子の生まれ変わりだから……」

「えっ？　どういうこと？」

生まれ変わり？　私が？　誰の？

疑問が頭の中を埋め尽くす。しかし、力の欠片は首を振ってそれ以上は教えてくれなかった。

「ほら、そろそろ現実に戻る時間よ。力が覚醒する条件は、あなたが、『守りたい』と強く願った時。あなたが力の使い方を覚えるとともにこれ以上の力が覚醒しないことを願っているわ」

「な、なんでいつも一番最後に大事なことを言うの!?」

「ふふっ、ごめんなさいね」

力の欠片はいたずらっ子のような笑みを浮かべる。

その笑みを見たのを最後に力の欠片とその真っ白な空間は跡形もなく消え去り、目の前には最愛の人がいて、私は彼の腕に抱かれていた。

「フィー！　良かった、目が覚めて……」

「エド、様……」

声がはっきりと出ない。これも力の代償だろうか。

だが今は、目の前にエド様がいる、その状況が嬉しい。手を伸ばすとその手を掴まれる。

「どうしてここにいるんだ⁉　それにさっきの光は……」

「ごめん、なさい。後で全部説明、します。だから、今は、休ませて……」

「っ⁉　フィー⁉」

もっと話したい。もっとエド様の無事を確かめたい。

だが、瞼《まぶた》が異常に重い。これ以上意識を保《たも》っていることは無理だった。

エド様の声が聞こえる。

あなたが無事でよかった。

そう心の中で思ったのを最後に、私の意識は途切れた。

＊＊＊

「フィー……」

フィーメルが意識を失った直後。エドガーはパニックを起こしそうになるのを耐えて、すっとフィーメルの口元に手を当てた。

（呼吸は……あるよな）

手に息がかかった感触で、エドガーはようやく安堵した。

「ほんと、なんで君がここにいるんだ……声が聞こえたと思ったら光が爆発するし、ようやく光が収まったと思えば魔物はいなくなっていて。一緒に来ていた騎士たちも私もあったはずの傷は全部治っているし。かと思ったら君は倒れてて。この短時間でどれだけ私が驚いたことか」

エドガーはフィーメルの安らかな寝顔を見て苦笑した。

「もう、なにがなんだかわからないな……」

そう呟いた時、不意に後ろから声が聞こえてきた。

「な、なにが……なんで、私の魔物が姿を消しちゃったの……？」

まるで何もわかっていない幼い少女のような声。だが、エドガーは不思議と聞き覚えがあった。

「まさか……!?」

ゆっくり振り返る。そこにいたのは——

「ベスティア嬢……」

美しかった赤髪は所々《ところどころ》ほつれてボロボロに、キラキラと輝いていたペリドットの瞳は白く濁っているが、見違えるわけがない。彼女はベスティア・リル・フェーヴァー侯爵令嬢、いや、ただのベスティアだった。

彼女は何かを探すように周りをきょろきょろしながらふらふらと歩き回っていたが、エドガーの声に反応すると、緩慢《かんまん》な動作で振り返った。

濁った眼を見て寒気《さむけ》を覚える。

(国外追放刑に処されたはずだが、なぜここに……)

ベスティアがここにいる理由――それは、紫の髪に金色の瞳を持つあの女が全ての原因だったが、エドガーが知るわけもない。

ただ、ベスティアの異常な様子に戸惑うばかり。

ベスティアはエドガーをじっと見つめた後、あっと声を漏らした。

「あなたは……王太子、殿下……なんで、ここにいるの……？」

「それはこちらのセリフだ。そなたこそなぜここにいる」

エドガーの問いにベスティアは首を傾げるが、やがて笑みを浮かべた。

「ふふふっ、私ねー復讐したいの！　私をないがしろにしてこんな目に遭わせた奴ら全員を殺しちゃうんだぁ」

急に滑らかになる口調。ベスティアの口から出る物騒な言葉にエドガーは顔をしかめた。

「そなたにそんなことができるようには思えないが」

「できるよ！　だって全ての魔物が私の言うことを聞くんだもの！　あなたたちの命を握りつぶすことなんて簡単なのよ」

「なんだと……⁉」

（まさか、魔物が異常行動を起こしたのはベスティアのせいなのか……⁉）

エドガーの声音が低くなるが、ベスティアはそれに気づかない。

ただ、少女のような表情の奥に狂気を湛《たた》えて空中を見つめるばかり。

「ベスティア、お前は魔物を操れるのか？」

「ええ、そうよ！　ふふっ、だから全て私のものよ！　あなたも、王国も、いいえ、この世界全てが私のものなのよ！」

笑いながらフラフラと歩くベスティアは完全に壊れていた。エドガーもようやくそのことに気付く。

（なんとか情報を聞き出さないと。ベスティアが元から魔物を操れた？　そんなわけがない。何か仕掛けがあるはずだ）

エドガーはベスティアの目からフィーメルを隠すように立ち上がると、すっと腰元の剣に手を置いた。

いつでも抜けるように、そしてフィーメルを守ることができるように。

「ベスティア、そなたはなぜ魔物が操れるようになったんだ？」

「えっ？　それは……あれ、なんでだっけ……？」

ベスティアはもうすでに自分が何を言っているのか、何をしているのかわからなくなっていた。

ただ欲望のままに生きることしかできなくなった彼女は、自分に魔物を操れる薬を渡し、少しの間面倒を見てくれていた人の存在を完全に忘れてしまったのだ。

焦点が合わない目でぼーっと空中を見つめるベスティアに、エドガーはため息を吐く。

「聞いても無駄か」

（だが、もしかしたらどうにか正気に戻して記憶を取り戻させることができるかもしれない……とりあえず王城に連れて行くしかないな）

魔物の異常行動の原因がベスティアであることは間違いないため、彼女は王城で罪人として裁かれる必要があった。

二度目であり、国外追放処分を受けたにもかかわらず帝国内にいたからおそらく死刑になるはずだが、それでもエドガーはすべてを明らかにできるかもしれないという一縷《いちる》の望みを捨てることができなかった。

しかし、エドガーが近づくにつれて、ベスティアの様子はどんどんおかしくなっていく。

「やっ、こっち来ないで！　やだっ！」

駄々っ子のように頭をぶんぶん振る様子からは、以前の彼女の様子なんて想像もつかない。

(不味《まず》い気がする。早く彼女を落ち着かせないと何かが起こる気が……)

だが、エドガーが気づいた時点で手遅れだった。

「ああああああああああああああああああ！！」

「ベスティア!?」

急に奇声をあげるベスティア。エドガーが駆け寄ろうとするが、その瞬間本日二度目となる光の爆発が起こった。だが、この爆発は赤く、禍々しい雰囲気で、さっきの神聖ささえ感じられる白い光とは全く物が違った。

「くっ……フィーは……っ!?」

後ろを振り返ると、驚くことに彼女の周りを白い膜のようなものが覆っていて爆発の影響を一切受けていないようだった。

ほっとするとともに、やはり先ほどの爆発は彼女が原因だったのだとエドガーは確信する。そして、傷が治った理由も、魔物が消えた理由も全て、その白い光にあるのだと。

「だが、それを考える前にこちらをどうにかしなければ……」

明らかに様子のおかしいベスティア。そして様子のおかしさに比例するようにして起こった禍々《まがまが》しい光の爆発。

先程より小規模だが、ベスティアを包むようにして起こっている。

(こんな爆発に巻き込まれれば彼女自身がどうなるか……)

しかし、その悩みは無駄となった。

エドガーが爆発を止める手立てを考えつく前に、その光が収まったからだ。

でもそれが何の解決にもならないことにエドガーは即座に気づいた。いや、気づかざるを得なかった。

「ベスティアが、いない……⁉」

そう、光の爆発が収まった時、そこにベスティアはいなかったのだ。

周りを見回しても彼女の姿はどこにもない。

ただ、爆発の前と変わらずすやすやと寝ている騎士たちとフィーメルがいるだけ。

「幻覚、だったのか……？　いや、そんなわけない。あれは現実だったはずだ」

ここまでくるともうなにがなんだかわからなくて、エドガーは一人戸惑うことしかできない。頭をガシガシと掻《か》く。

（疲労と疑惑でおかしくなりそうだ）

「早く休みたいが……はあ……父上に報告しないといけないことばかりだな。フィーの力やベスティアのあの様子、魔物たちの異常行動。まとめないといけないことが多すぎる」

（王城に残っているであろうマティスに押し付けようか）

フィーメルを抱き上げながら、エドガーがそこまで考えた時だった。

「殿下、私にこれ以上仕事を押し付けないでくださいね」

「……っ!?　なぜお前がここにいる!?」

時計台からぐったりとした様子で現れたのはマティス・ウォン・リーガンだった。

彼はフィーメルと一緒に時計台に来た後、そのまま避難する最中に怪我をしたらしい領民の手当てをしていたが、フィーメルによる光の爆発の際に全ての怪我が治ってしまったために、今度は事情の説明をする羽目になり疲労困憊状態になっていた。

まるでエドガーの思考回路を覗いたような発言。だがそれよりも、エドガーはなぜ彼がここにいるのかの方が気になって思わずツッコむ。マティスが顔をしかめた。

「公爵夫人に頼まれてエレクシス公爵令嬢がこちらに来る際の道案内をさせていただいたのですよ」

「そうだったのか」

エドガーはマティスからフィーメルとマティスが公爵領に来ることになった経緯を聞いて、ようやく、二人が姿を現した理由を知ることができた。

（私を心配してくれたのか……）

エドガーが愛《いと》おしそうにフィーメルの髪を撫でる。

「結局、また君に助けられたね。本当にありがとう……」

エドガーがそっと呟く。マティスはそんな主君の様子を慣れた様子で見守っていた。

「マティス」

「なんでしょう？」

エドガーが振り返らずにマティスを呼ぶ。マティスが返事をするとふっと笑った気配がした。

「残念ながら仕事が山ほどある。フィーメルが回復し次第、さっさと王城に戻るぞ」

「そんなっ!?　私三日間一切寝てないんですって！　殿下!?　殿下——！」

「あ、あとそこで寝ている騎士たちも時計台の中に入れといてくれ」

「私一人じゃ無理ですよ！」

エドガーの命令にマティスが泣き言を言うというういつもの光景。だが、二人とも普段以上にそのやり取りを楽しんでいた。

そんな二人を遠くから眺めている存在がいることなど、一切気が付かずに。

「あらあらあら、結局消滅しちゃったのね～。せっかく聖女の浄化の力から守ってあげたのに、自分の感情をコントロールできずに消滅しちゃうなんて情けないわね」

あの、ベスティアを助けた紫の髪に金色の瞳を持つ女が、少し離れた家の屋根の上から二人の様子を観察していた。

「まあ、気持ちが昂《たかぶ》りすぎると私の情報を漏らしかねないからその時には消滅するように魔法をかけておいたのだけど。でも、せっかく守ってあげたのにこの結末はいただけないわ～」

女の口調は軽いが、その表情はぞっとするほど冷たい。

しかも、フィーメルの力について知っていること、そして魔法をかけたと言っていることから女がただものでないことがわかる。

彼女がすっと手を差し出すと、その上に瓶がポンッと現れた。中には女の髪色と同じ紫色の液体が入っていた。

「まあでも、あの子のおかげでこの薬の効果も確かめられたし良しとするしかないわね。ただ、この王国から魔物が全ていなくなってしまったことは予想外だったけれど……せっかくあの子の故郷の魔物も暴走させたのに、大した結果も出なかったし。とんだ骨折り損だわ」

拗《す》ねたような口調。だが、次の瞬間には一転して嬉しそうな笑みを浮かべていた。

「まっ、これもこれでいっか！　私はこの世界が壊れてくれればそれでいいんだもの。魔物がいなくても壊す方法はあるわ。それこそ……」

——聖女を意のままに操るとか、ね。

うふふ、と不気味な声を漏らす女。

「魔女に唯一抵抗できる聖女が私の手に落ちたらこの国は一体どうなっちゃうんでしょうね。ああ、早く聖女が持つ力の欠片を悪に染めてみたい……！」

フィーメルの身にさらなる危険が迫っていた。

エピローグ

「フィーメルお嬢様、準備ができました」

聞こえてくるマリンの声。目を開けると、目の前の鏡に青と白のドレスに身を包みシルバーの髪飾りを付けた儚い少女が映る。

「わぁ、すごいわ……！　とっても綺麗……」

うっとりと声を漏らすと鏡に映るマリンが笑みを浮かべる。

「ご満足いただけたようで何よりです。いつもお綺麗ですが、今日のお嬢様はいつにもまして美しいですね。きっと王太子殿下も褒めてくださるはずです」

「ほんと⁉」

「もちろんですとも」

マリンの肯定に嬉しくなる。

今日はエド様の成人祝いのパーティーが行われる日。

私は朝から身支度に追われていて、今しがた終わったところだった。

あの、私が殿下を助けるために公爵領に行った日。

気が付けば幼い頃過ごした時計台の一室にいて、目の前には泣きそうな表情のエド様がいた。

聞いたところによると、私はエド様が魔物に殺されそうになったところを見て叫ぶのと同時に白い光の爆発を起こすと、そのまま倒れてしまったらしい。

落ち着いてくると光の欠片との会話も思い出して、私に浄化の力が目覚めたことに気付く。

実際、王都に戻ってから私の浄化の力によって王国中の魔物が消え去り、また王国の全ての民の怪我が治ったという話を聞いて、頭を抱えてしまった。

巷《ちまた》では聖女の物語を話す吟遊《ぎんゆう》詩人が多く現れたそう。一度聞いてみたが、あまりに美化されすぎていてしばらく街を歩きたくなくなった。

また、私が危ない場所に自ら飛び込んでいったと聞いてお父様が余計に過保護になって、さすがにお母様に怒られる、なんて事件も。

今回の魔物の異常行動に関して、国王陛下は魔物の生態は未知ゆえに何が起こるかわからない。だが、聖女が全ての魔物を浄化させたからもう心配はいらないと国民に発表した。

エド様から異常行動の原因がティアであることは陛下も聞いているはずだ。

だが、真実をありのまま話せば民はパニックを起こしてしまう。そのために、陛下は真実を隠すことに決めたのだった。

だが、実際問題、ティアをおかしくしたのは誰だったのだろうか?

エド様が出くわした時、ティアは相当おかしくなっていたらしい。しかも、最後には禍々しい光の爆発と共に姿を消したとも。

国外追放されたことによりおかしくなったのだろうか?

だが、偽《いつわ》りの姿であろうと傍にいた私が彼女のことを一番知っているのは事実。

そして、彼女は追放されたくらいで壊れてしまうほど、心が弱い子ではない。

むしろ、追放されながらもいつか社交界に舞い戻ってくるのではないか。そんなありえない想像をしてしまうくらいには、彼女は強い女性だ。

それに、魔物を操れるだなんて。

追放されたらそんな能力に目覚めました、あるいはそんな能力が見つかりました、なんていう小説の中のような都合の良い話はない。だから、おそらくティアは後天的に魔物を操れるようになり、しかもそれにはちゃんとした理由があるはずだ。

だが。

「うーん、壊れた理由も、操れる能力を得た理由も何もかもがわからないわ。そもそも後天的に魔物を操れるようになるなんてあり得るのかしら」

「魔物を操る、ですか？」

「あ、何でもないわ！　気にしないで」

うっかり口に出していたらしく、マリンが怪訝な表情を浮かべるも全力で誤魔化す。

もし、ティアの背後に何者かがいるのであれば、この情報の取り扱いには注意しないと。

そう心に決めた時、不意に扉が開く。

「やあ、フィー」

「エド様！」

入ってきたのはエド様だった。白と赤の正装姿がとても格好良くてきゅんっと胸が高鳴る。

今日はエド様の婚約者として、彼と一緒にパーティーに参加することが決まっていたため、迎えに来てくれたのだ。

笑みを浮かべている彼を見て、私も笑顔になる。

もし公爵領に行っていなかったら今この笑顔を見ることは叶わなかったことだろう。自分の選択に、そしてその選択を尊重してくれたお母様や付き合ってくれたマティスには感謝しかない。

と、エド様が私を見て固まった。

「な、なんか変でしょうか……？」

「そんなことないよ。ただ、君が綺麗すぎて見惚れていただけだ」

「っ……！　あ、ありがとうございます！」

跳ねる心臓の音がうるさすぎて、まともにエド様を見ることができない。

俯いていると、エド様が人払いをして私の側に近づいてきた。彼は私の足元に屈《かが》むと、下から私の表情を覗き込んでくる。

「フィー？　どうしたの？」

「ち、近い、です……恥ずかしくって」

顔が熱い。今、私の顔は真っ赤になっていることだろう。

私の答えに殿下が笑みを深める。

「フィーは恥ずかしがり屋だね」

「エド様が積極的すぎるからです……！」

嬉しいけれど、異性に慣れていない身としてはいつも本当に心臓に悪いのだ。

「ふふっ、そうだね。フィーが愛おしすぎて、君の視界にずっと私だけがいればいいと思ってしまってついつい近くに寄ってしまうんだ。ごめんね」

「っ……ず、ずるいです。そんなこと言われたらダメって言えなくなっちゃうじゃないですか……」

むぅっと頬を膨らませると、ツンとつつかれる。

思わず笑ってしまうと、エド様も無邪気に笑う。

ひとしきり笑い合った後、エド様が真剣な表情を浮かべた。

「フィー、私は公爵領で魔物に襲われた時、もうダメだと思ったんだ。ここで死ぬんだと。でも、君が現れた。そして、諦めていた人生をもう一度私に与えてくれた」

「当たり前じゃないですか。エド様はすでに私にとって人生の一部なんです。私より先に死ぬなんて許しませんわ！」

そう、もうすでにエド様は私の人生の一部になっていた。

彼が笑えば私も笑顔になれて、彼が幸せだと私も幸せで、彼が悲しいと私も悲しい。

それだけ好きなのに、死なせられるわけがない。

にっこりと笑って言い切ると、エド様が目を見開く。

「嬉しい。すっごく嬉しい……！」

少年のような、純粋な笑み。すごく綺麗で思わず見入っていると、エド様が私の前に跪《ひざまず》いた。

「あっ……」

いくら鈍感な私でも、エド様が何をしようとしているかは察せて、胸が高鳴る。

どうしたらよいかわからずに戸惑っていると右手を取られた。

「フィーメル・ド・エレクシス公爵令嬢、愛しています。ずっと私の側にいてくれますか？」

「っ……！　もちろんですわ！　ずっと、あなたの側にいます」

「ありがとう」

さっと立ち上がったエド様にぎゅっと抱きしめられる。

「あーキスしたい」

「ふふっ、でもまだ婚姻前ですから、だめですよ」

「わかってる。早くフィーも成人してくれ」

「頑張りますわ」

そんなとりとめのない会話でも私たちにとっては楽しくて仕方なくて。

——エド様の隣にいれてよかった。


心の底からそう思った。

エド様が笑顔で手を差し出してくる。

「フィーメル嬢、準備はよろしいですか？」

「ええ、エドガー殿下」

右手を重ねるとぎゅっと握られる。

夢で見たパーティー。彼の隣には私ではない違う女性がいて悲しかった。

だけど、今、そのパーティーで私は彼の隣に立っている。

——未来は変えられる。

　これからの未来、なにがあろうとも、夢が私に何を見せようとも、私の隣に彼がいてくれる限り、何があろうとも私は彼と一緒にいられる未来を探したい。彼と一緒にいられる未来こそが私にとって最高の幸せだから。

　私は今日、最高に幸せです！

あとがき

皆様、初めまして。作家の美原風香と申します。

この度は『夢見の公爵令嬢は婚約破棄をご所望です』をお読みくださりありがとうございます！

この作品は高校三年生の三月に構想を練ったものでして、今回、約一年ぶりにこうして書籍になって感無量です。

デビュー当時から銀髪美少女が大好きなので、このカバーイラストを頂いた時には美しすぎて言葉を失いました。フィーメル、可愛いですよね……！

それに、執着系王子様というのも私の性癖ドンピシャでして、キャーキャー言いながら書かせていただきました。

現実にエドガーのような王子様がいたら確実に推し活にハマっていたことでしょう……。

皆さんはどのキャラが好きでしたか？　ぜひ、推しキャラを見つけて頂けたら嬉しいです。

私が描《えが》いた異世界恋愛、いかがだったでしょうか？

元々ファンタジーをメインに書いていたため、書くにあたってはかなり悩みました。

主人公とヒーローはなぜお互いを好きなのか。

どうやって仲を深めていくのか。

ライバルキャラは二人にどうやって関わっていくのか。

何度も書き直して、いつも以上に時間をかけました。

それでもきっと、まだまだ未熟なところは多いと思います。もしかしたら「そうじゃない！」と思われる箇所もあるかもしれません。

それでも、好きをたくさん詰め込みました。

読者の皆様にこの想いが届くといいなと思っています。

こうして皆様に読んでいただける、その喜びを糧に、より一層努力して、作家として成長していく所存です。

どうか温かく見守って頂けたら幸いです。

最後に、イラストを描いてくださった眠介先生、書籍作業に根気強くお付き合いくださった担当編集のTさんとSさんなど。この作品に関わってくださった全ての方々に今一度感謝申し上げます。

それでは、またお会いできる機会を楽しみにしております。

この度は本当にありがとうございました！

令和五年三月吉日

美原風香